殺される理由——栄次郎江戸暦29

『殺される理由——栄次郎江戸暦29』の主な登場人物

矢内栄次郎……一橋治済の庶子。三味線と共に市井に生きんと望む、田宮流居合術の達人。

崎田孫兵衛……お秋を腹違いの妹と周囲を偽り囲っている、南町奉行所の筆頭与力。

お秋……矢内家の元女中。崎田孫兵衛の妾となり浅草黒船町に住む。

おまち……田原町の木綿問屋「赤城屋」に住み込みで働く女中。

多吉……まちの兄。下谷車坂町の裏長屋に母親と住む小間物の行商人。

島吉……南町同心、沢井達之助が手札を与えている岡っ引き。

おとせ……三ノ輪で匕首で刺殺されていた芸者上がりの女。

翫右衛門……殺されたおとせを囲っていた、日本橋本町三丁目の紙問屋「和泉屋」の主人。

矢内栄之進……矢内家の家督を継いだ栄次郎の兄。御徒目付を務める御家人。

一橋治済……矢内の父が近習番として仕えていた「大御所」と呼ばれる栄次郎の実の父。

梅次……小名木川にかかる万年橋の袂で死体で見つかった長身の遊び人。

岩城主水介……十万石の大名美濃藩大野家より妻を迎えた、三千石取りの旗本。

若菜……岩城主水介の十七歳の娘。

大野政友……美濃藩主、大野正純の世嗣。気性が荒く一部の家臣が相続に異を唱える。

新八……豪商や旗本を狙う盗人だったが、足を洗い徒目付矢内栄之進の密偵となる。

第一章　ある訴え

一

三味線を置き、矢内栄次郎は立ち上がって窓辺に寄った。

ここは浅草黒船町のお秋の家の二階である。この部屋は三味線の稽古用に借りている。

栄次郎は御家人の矢内家の部屋住であるが、長唄の師匠杵屋吉右衛門の弟子で、吉栄という名をもらった三味線弾きでもあった。

お秋は昔、矢内家に女中奉公していた女である。

窓から外を眺めれば、目の前は大川だ。初秋の空は青く澄んでいたが、風が強く、大川は波が立っている。右手のほうに見える御厩河岸の渡し船が波に大きく揺れているようだった。

窓を閉め、再び三味線の稽古に戻ろうとした。

栄次郎は涼しげな目、すっとした鼻筋に引き締まった口元。細面（ほそおもて）のりりしい顔だちで、匂い立つような男の色気があるのも芸人だからだろう。

ときたま、栄次郎は師の吉右衛門とともに地方（じかた）として舞台を務めている。来月も舞台が控えている。

三味線を構え、撥（ばち）を手にしたとき、階下から女の叫ぶような声が聞こえた。

撥を振り下ろそうとしたが、切羽詰まったような声がまだ聞こえる。栄次郎は気になり、三味線を置き、部屋を出た。

一階に下りると、若い女がお秋に何かを訴えていた。十七、八歳と思える女の表情は厳しいものだった。

お秋は困惑している。

「どうしましたか」

栄次郎はお秋に声をかけた。

「あっ、栄次郎さん」

お秋が困惑した顔を向けた。

「このひとの兄さんが首を括って死んだそうなの。でも、兄さんは自分で死んだりしないと」

お秋が説明した。

「兄は殺されたのです。でも、親分さんは自分で首を括ったのだと言って、とりあってくれません」

女が訴える。

「どうして、ここに？」

栄次郎はきいた。

「こちらのお秋さんのお兄さまが南町の筆頭与力だとお聞きしました。ぜひ、お兄さまにおすがりをしたくて参りました」

お秋の兄というのは南町の筆頭与力崎田孫兵衛のことだ。世間には腹違いの兄妹と称しているが、実際はお秋は崎田孫兵衛の妾だ。

「お兄さんが殺されたという証が何かあるのですか」

栄次郎はきいた。

「いいえ」

「なにもないのですか」

「兄が自分で死ぬなんて考えられないのです」

女は泣き顔で訴える。

亡骸を検めた同心や岡っ引きは状況から自殺と判断したのだろう。それを覆すだけの証があるならともかく、このままでは崎田孫兵衛に訴えたところでどうにもならない。

だが、栄次郎は女の真剣な様子を見捨てておけなかった。

「私がお話をお聞きしましょう。その上で、筆頭与力の崎田さまにお話をいたします」

栄次郎は女に声をかけた。

「じゃあ、栄次郎さん、お願いいたします」

お秋は言い、女に向かい、

「あなたのお名前は?」

「まちです」

「おまちさんね。こちらは兄が信頼している矢内栄次郎さんです。さあ、お上がりなさい」

お秋は言う。

「栄次郎さん。こちらの部屋を使ってください」

「わかりました」

栄次郎とおまちは土間の近くにある部屋で差し向かいになった。

「お話を伺いましょうか」

栄次郎は促す。

「はい」

おまちは息を整えて切り出した。

「兄は多吉といい、下谷車坂町の裏長屋でおっ母さんといっしょに住んでいて、小間物の行商をしています。私は田原町にある『赤城屋』という木綿問屋に女中として住み込んでいます」

栄次郎は黙って頷く。

「七日前の七月十三日の朝、兄は入谷の心願寺というお寺さんの裏の松の樹で首吊りの状態で見つかったんです」

おまちは声を詰まらせたが、すぐ続けた。

「おっ母さんが心願寺裏に駆けつけ、兄の死を見届けました。私は知らせを受けてお店にお暇をもらい、車坂町の長屋に帰って兄の亡骸と対面しました」

おまちは目尻を拭い、

「兄は恐怖とも怒りともつかない顔をしていました。その顔を見たとき、兄は殺されたのだと思いました」

痛ましい気持ちで、栄次郎はおまちの話をきいた。

「そのことを同心の沢井さまと島吉親分に訴えると、兄が死んでいたそばに血のついた匕首が置いてあったと言うんです」

「血のついた匕首？」

栄次郎は思わずきき返す。

「はい。それで調べると……」

おまちは言いよどんだが、

「三ノ輪で、おとせというひとが匕首で刺されて死んでいたそうです。兄がおとせさんを殺し、その上で首を括った。島吉親分はそう決めつけました」

と、息苦しそうに言った。

「多吉さんとおとせさんは知り合いなのですか」

栄次郎は確かめる。

「兄の得意先で、おとせさんの家にはよく顔を出していたそうです」

おまちは気持ちを抑えきれないように、

「兄がひとを殺すなんて考えられません。兄はやさしいひとでした。自分で死ぬこともあり得ないですし、ましてやひと殺しなんて」

と、身を乗り出し、

「このままでは兄は浮かばれません。殺された上に、ひと殺しの汚名を着せられるなんて、あんまりです。もう一度、ちゃんと調べていただけるようにお願いしたいのです」

「多吉さんが無実だという証はあるのですか。たとえば、おとせさんが殺された時分、多吉さんは誰かと会っていたとか」

栄次郎は穏やかにきく。

「いえ。特にありません」

おまちは俯いた。

「島吉親分は、おとせさんを殺した理由をどう言っているのですか」

「おとせさんはお妾さんだそうです。兄はおとせさんに言い寄っていたそうです。それも違います」

「違うという証は何かありますか」

「いえ。ただ、ひとの世話になっている女のひとに言い寄るなんて、兄らしくないです」

おまちの根拠は多吉の人柄からきている。それも、おまちが知っている多吉だ。多吉には別な面があったかもしれない。おまちにはやさしい兄だとしても、他人に対しては違うかもしれない。

世間に見せている顔は妹に見せるのと違うことも考えられる。

「血のついた匕首は多吉さんのものだったのでしょうか」

「いえ、兄は匕首など持っていません。島吉親分は、池之端仲町（いけのはたなかちょう）にある『復古堂（ふっこどう）』という道具屋で手に入れたのだと言っていました。でも、それは兄ではありません。私は『復古堂』に行き、確かめましたが、匕首を買ったのが兄かどうかわからないと言ってました」

おまちは自分なりに調べているようだ。

「買った客の顔を覚えていないということですね」

「はい」

匕首を買った客は多吉かもしれないし、そうではないかもしれない。話を聞いた限りでは、島吉親分の探索はごくまっとうだ。

「あなたと同じように思っているひとはいるんですか。たとえば、多吉さんの親しい友とか、同業者などはどう思っているんでしょうか」

「…………」

おまちは俯いた。

「どうしましたか」

栄次郎が声をかけると、おまちは顔を上げ、

「みな、なぜあんなことになったのかと不思議に思っているだけです」

と、不満そうに言った。

「つまり、おとせさんを殺し、首を括って自殺したことに疑いを抱いていないということですね」

栄次郎は確かめる。

「そうです。でも、なぜ、そんなことをしたのか、信じられないと言ってます」

おまちはむきになって言う。

「多吉さんが殺されたと思っているのはあなただけなのですね」

栄次郎ははっきり言う。

「そうです。兄が病気のおっ母さんを置いて死ぬはずありません」

「しかし、もしおとせさんを誤って殺してしまったとしたら、多吉さんはすべてが終わったと悲観したとは考えられませんか」

栄次郎はあえて口にした。

「遺書はなかったんです」

おまちは異を唱えるように言う。

おとせを殺して自殺を図ったのなら、遺書を書くことまで思い至らなかったかもしれない。

だが、そのことは口にせず、

「なぜ多吉さんは殺されなければならなかったのか。そのわけを想像出来ますか」

と、栄次郎はきいた。

「いえ」

おまちは首を横に振った。

「おまちさん」

栄次郎は沈んだ声で言う。

「はっきりした証が出てきたのならともかく、すでに始末のついた件で、奉行所が改めて調べ直すことはまずないでしょう。今のままでは、いくら崎田さまにお願いしても、残念ながら……」

栄次郎は首を横に振った。

「お願いしてもらえないというのですか」

おまちはきっとなった。

「お話はいたします。しかし、今のままではお願いしても聞き入れてもらえません」

栄次郎ははっきり言う。

「私の言うことは信じてもらえないというのですね」

おまちは抗議するように言う。

「あなたは島吉親分にも訴えたのですよね。でも、わかってもらえなかったのではないですか」

「筆頭与力の崎田さまならわかってくださると」

おまちはすがるように言う。

「いえ、証を示した上で訴えない限り、わかってもらえないでしょう」

栄次郎は突き放すように言う。

「じゃあ、このまま泣き寝入りしろというんですか。兄は汚名を着たままなんですか」

おまちは泣き声になった。

「はっきりした証がなければ調べ直すことが出来ないということは、新たな証が見つかれば、調べ直してもらえるということです」

栄次郎は言い、

「私が調べてみます」

と、口にした。

「えっ？」

おまちは驚いたように、

「どうして矢内さまが？」

と、きいた。

「あなたがそれほど言うなら、多吉さんは自殺ではないかもしれないと思ったのです」

栄次郎は自分がお節介焼きだということは口にしなかった。困っているひとを見ると放っておけずに必要以上に手助けをしてしまう。この性分は亡くなった矢内の父親譲りだった。

「崎田さまを動かすためにも多吉さんが殺されたという証を見つけます。それで、改めて崎田さまにお願いをしてみます」

「でも」

おまちは戸惑いぎみに、

「奉行所のひとではないと、調べるにしても限界があるのでは……」

と、不安を口にした。

「確かに、限界があります。でも、同心の沢井達之助さまをよく存じ上げていますから。また、いざとなれば、崎田さまにお願いして便宜を図っていただきます」

栄次郎は口にする。

「ほんとうに調べていただけるんですか」

「もちろんです。ただ」

栄次郎は表情を厳しくし、

「調べていくうちに、多吉さんの別の顔が明らかになるかもしれません」

と、口にした。

「別の顔？」

「なぜ、多吉さんが殺されねばならなかったか。多吉さんの周辺に悪い連中がいて、何かの揉め事に巻き込まれたということが考えられます」

栄次郎は多吉が殺されたことを前提にして話した。

「兄を殺すのが狙いではなく、下手人はおとせさんを殺したかったのかもしれません。兄は利用された……」

「確かに、そういう考えは出来るかもしれません。でも」

栄次郎は首を傾げ、

「そうだとしたら、多吉さんを殺さずとも、おとせさん殺しの下手人に仕立てるだけで十分だったのではないでしょうか。多吉さんを首吊りに見せかけて殺すにしても他人に見られないかなどの危険があります」

「…………」

「あと考えられることは、おとせさんと多吉さんのふたりを殺すのが狙いだったということです」

栄次郎はおまちの顔を見つめ、

「多吉さんが殺されたとして調べ直したら、あなたの知らない多吉さんの姿を知ることになるかもしれません」

と、釘をさした。

「兄に裏の顔があるということですか」

おまちは怒ったように言う。

「万が一のことです。そういう覚悟も必要だと思います」

栄次郎は諭すように続ける。

「多吉さんの首吊りが偽装なら、ひとりで出来ることではありません。ふたり、いや少なくとも三人は必要でしょう。つまり、三人掛かりで多吉さんを首吊りに見せかけて殺したと考えられます」

「………」

おまちは苦しそうな表情をしたが、

「兄にどんな秘密があろうが、かまいません。私はほんとうのことが知りたいのです」

と、毅然として言った。

「わかりました。やってみましょう」

栄次郎は請け合った。

「おまちさんは長屋にいらっしゃるのですね」

「はい」

「崎田さまがお見えになるのは明日か明後日の夜だと思います。いちおう、おまちさんの話をしておきます」

「お願いいたします」

栄次郎はおまちと部屋を出た。

お秋が待っていた。

「お邪魔しました」

おまちが挨拶をする。

「いえ」

おまちが引き上げたあと、お秋が声をかけた。

「どうでしたか」

「兄さんへの思いだけで訴えているのですが、奉行所のほうもそんなおまちさんを納得させるだけの説明が出来ていないようです」

栄次郎は感想を述べた。

「ひょっとして、栄次郎さんは首を突っ込むつもりでは?」

お秋が真顔になった。

「ええ」

「まあ」

お秋は呆れたように言う。

「このままではおまちさんは気持ちの収まりがつきません。どういう結果になろうが、おまちさんのためにも事実をはっきりさせてやりたいのです」

栄次郎は決意を語った。

「そうですね」

お秋も理解を示した。

いったん、二階の部屋に戻り、栄次郎は刀を持って階下に行った。

「栄次郎さん、お出かけですか」

お秋が声をかける。

「夕方には戻って来ます」

そう言い、栄次郎はお秋の家を出た。

二

秋空に鰯雲が湧き出て、風も心地よく頬を撫で、清々しい昼下りだ。

田原町を抜けて、新堀川にかかる菊屋橋を渡ってすぐ右に折れ、川沿いを北に向かう。

浅草田圃の向こうに吉原(よしわら)の遊廓が見えてきた。栄次郎は寺地のほうに曲がり、入谷(いりや)を目指した。

入谷田圃の近くに心願寺を見つけ、裏手に行った。

疎(まば)らに樹が立っている。夜ともなれば漆黒の闇に包まれるだろう。だが、七月十二日の夜は月が出ていた。

しかし、月の光は樹に遮られ、提灯(ちょうちん)の明かりが必要だったろう。だが、提灯の明かりも樹があるので遠くからは目につかなかったかもしれない。

大きな松の樹があった。湾曲して上に伸びている。太い枝が横に伸びている。この松の樹にぶら下がっていたのだろうと思った。

多吉が殺されたのだとしたら、二、三人掛かりで多吉を首吊りに見せかける細工をしたことになる。

自殺なら、どうやって多吉は樹の枝に縄をかけて首を括ったのだろうか。

栄次郎はその場を離れ、心願寺の山門をくぐった。

それほど広くない境内で、本堂の脇で寺男が箒を使っていた。

栄次郎は四十半ばぐらいの小柄な寺男に近付いた。

「もし」

栄次郎は声をかける。

「十日ほど前、裏手で首吊りがありましたね」

「ええ」

箒を使う手を休め、寺男が続けた。

「私が見つけたんですよ」

「あなたが？」

「毎朝、裏門を出て、辺りの様子を見るんです。木の葉が落ちていたら拾って。あの日は何か妙な気がして、奥に行ってみたんです」

寺男は口にする。

「妙な気というのは？」

「自分でもなんだかわからないんですが、もしかしたら匂いかもしれません」

「匂い？」

「ええ、以前、変な匂いがするので林に入ったら野犬が死んでいたことがあったんです」

「そうですか。で、奥に行ったら、男のひとがぶら下がっていたのですね」

栄次郎はきく。

「ええ、松の樹の枝から。若い男でした」

「周囲の様子はいかがでしたか。何か変わった様子は？　その周辺が荒らされていたり、何かが落ちていたり」

「いえ、辺りに目を配る余裕はありませんでした。首吊りだとわかって、すぐにご住職に伝え、それから自身番に知らせに行ったのです」

寺男はそこまで言ってから、

「失礼ですが、お侍さんは？」

と、不審そうな顔できいた。

「死んだ多吉さんの知り合いなんです。死んでいたときの様子が知りたくて」

栄次郎は言い繕う。

「そうですか。それは……」

「で、すぐに町役人が来たのですか」

「そうです。親分さんもいっしょに」

「島吉親分ですね」

「そうです」

「島吉親分は首吊りを見て、何と言っていたか覚えていますか」

「覚悟の死かと呟いていました」

「首吊りに使った足場はなんだったんでしょうか」

「根っこに足をかけたみたいです」

「そうですか」

礼を言って寺男と別れ、栄次郎は寺を出た。


自身番に寄り、栄次郎は岡っ引きの島吉の住まいをきいた。

下谷坂本町三丁目にある呑み屋が島吉のおかみさんがやっている店だった。陽が傾いてきたが、まだ空は明るい。

暖簾は出ていなかったが、戸は開いていた。中に入ると、仕込みの最中だった。

三十歳ぐらいの女が出て来た。

「島吉親分はお出かけですか」

栄次郎はきいた。

「ええ。朝から出ています」

女が答える。

島吉の妻女のようだった。

「またあとで参ります」

おかみさんに言い、栄次郎は島吉の家を離れた。

栄次郎は三ノ輪に向かった。殺されたおとせという女の家を見ておこうと思った。

小野照崎(おのてるさき)神社の前に差しかかった。平安時代初期の公卿で、仕事も出来、漢詩、和歌、書道、絵画などに才があった小野篁(たかむら)を祀っている。

その鳥居から羽織を着て紺(こん)の股引(ももひ)きに着物を尻端折(しりはしょ)りした男が手下を連れて出て来た。

腰に十手(じって)を差している。中肉中背で、おでこが広く、太い眉に大きく鋭い目。三十半ばぐらいだ。

「失礼ですが、島吉親分でいらっしゃいますか」

栄次郎は声をかけた。

「さいですが、お侍さんは？」

島吉は窺うような目を向けた。

「矢内栄次郎と申します。今、島吉親分の家に行って来たところなんです」

「あっしのところに？」

「はい。私は十日ほど前に、心願寺裏で死んでいた多吉さんの妹おまちさんと懇意にしている者です」

島吉は太い眉を寄せた。

「ちょっと、そのことでお話を聞かせていただきたいと思いまして」

「お侍さん。妹のおまちに頼まれたんですね」

そう言いながら、島吉は道端に寄った。栄次郎もついて行く。

立ち止まって、島吉は改めて栄次郎に顔を向けた。

「多吉の件はすでに片がついているんです。おまちひとりがいまだにわけのわからないことを口にしているんですね」

島吉は億劫そうにきいた。

「多吉さんがひとを殺し、自ら死ぬなんて考えられないと」

栄次郎は訴えたが、

「そう思い込んでいるんです。お侍さん、まともに相手しちゃだめですぜ」

と、島吉は冷笑を浮かべ、忠告するように言う。

「そうですね。でも、このままじゃ、おまちさんにとっても不幸です。なんとか、おまちさんを納得させたいので、一連の流れを私に教えていただけませんか。そしたら、きっとおまちさんにわかってもらえるように努力します」

栄次郎は島吉に頭を下げた。

「おまちはいくら言っても納得しませんよ。多吉は自殺なんかしないと思い込んでいるんですから」

島吉は首を横に振った。

「いえ。ちゃんとわかってもらいます」

栄次郎は頼んだ。

「お侍さん、あっしは暇な体じゃないんで」

島吉は立ち去ろうとした。

「じゃあ、同心の沢井達之助さまから話をお聞きします」

栄次郎は伝えた。

島吉は足を止めた。

「沢井の旦那はあっし以上にお忙しい身ですぜ」

「わかっています」

「お侍さんは沢井の旦那を知っているんですかえ」

「ええ、何度かお会いしたことが」

「…………」

島吉は少し迷っていたが、

「わかりました」

と、ため息混じりに答えた。

「話してくださるのですか」

「ええ。でも、ここでは」

島吉は辺りを見回した。

「心願寺裏では？」

栄次郎は口にする。

一瞬眉根を寄せたが、

「いいでしょう」

と、島吉は頷いた。

栄次郎と島吉は多吉の死体が見つかった心願寺裏の木立に向かった。

木立の中は木漏れ陽が射して明るかった。

島吉は大きな松の樹のそばに立ち、

「多吉はあの枝に縄をかけぶら下がってました」

島吉は言い、それから湾曲した根っこの部分を指差し、

「ここが瘤のようになっています。ここに足をかけて枝に縄をぶら下げたのでしょう。死ぬときも同じです。根っこに足をかけ、縄を首に巻いて飛び下りたのでしょう」

と、自信に満ちて答える。

「第三者の手が加わっているという疑いは？」

「ありません」

「ひと目見て、自分で死んだと思ったのですか」

栄次郎は確かめる。

「そうです」

「血のついた匕首が落ちていたそうですね」

「ええ、この松の樹のそばに、脱いだ草履の上に財布と煙草入れ、そして血のついた匕首が置いてありました」

「財布や煙草入れといっしょに匕首が？」

栄次郎は訝ってきいた。

「そうです」

「なぜ、匕首もいっしょに」

栄次郎は首をひねった。

「女を殺したあとですからね」

島吉は顔をしかめて言う。

「しかし、かけつけたときは女が殺されていたことは知らなかったのですよね」

栄次郎はきく。

「いや、首を括った男のそばに脱いだ草履と血のついた匕首があったら、何があったか想像はつきます。誰かを刺し、それで自ら死のうとしたと」

島吉は嘲笑うように言う。

「血のついた匕首をどうして途中で処分しなかったのでしょうか」

栄次郎は疑問を呈する。

「気が立っていたので、そこまで考えが及ばなかったのでしょう」

島吉はなんでもないように言う。

「もし、匕首が置いてなかったらどうだったでしょうか」

栄次郎はなおもきいた。

「匕首がなくても見方は変わりませんよ」

「そうですか。で、書置きはあったんですか」

「ありません。いわば、血のついた匕首が書置きの代わりだったのかもしれませんね。なぜ、首を括ったのか。想像がつきましたからね」

「なるほど」

血のついた匕首を見て、島吉はそう思い込んでしまったのではないか。もし殺しだとしたら、下手人の巧妙な企みということになるが……。

「亡骸が誰だかすぐにわかったのですか」

「煙草入れに多吉と書かれた千社札が貼ってあったんです。それで、町役人が小間物屋の多吉だと言うので、住まいを調べ、車坂町の長屋に行き、母親を呼んで確認させました」

「母親はなんと?」

「亡骸にしがみついて泣いていました」

島吉は痛ましげに言い、

「誰かを刺したのなら、どこかに被害に遭った者がいると考え、近辺を捜索しました。すると、三ノ輪でひとり暮らしのおとせという女が匕首で刺されて死んでいたのが見つかりました」

「おとせさんはひとり暮らしだったのですか」

「囲われ者です。昼間はおよねという通いの婆さんがいますが、夜はひとりでした」

「多吉さんとの関係は？」

栄次郎は念のためにきいた。

「多吉は商売で、よくおとせの家に出入りをしていたようです。おとせは二十五歳。芸者上がりで、色っぽい女だったようです。多吉は密かにあこがれていたのでしょう。だが、とうとう我慢が出来ず、思いを遂げようと、夜に訪問をして襲いかかったのでしょう」

島吉は続ける。

「思いを遂げたあと、おとせは怒り、旦那に言いつけると言った。そんなことをされたら、自分はおしまいだと思い、道具屋から匕首を買い、おとせの家に行き、おとせを殺したというわけだ」

「口封じのために殺したのなら、自分が死ぬことまで考えていなかったのではありませんか」

栄次郎は疑問を呈する。

「最初はそうだったろう。しかし、殺したあとで事態の大きさに震え上がったのだ。

ここまで逃げて来て、絶望から死を選んだというわけだ」

「多吉さんがおとせさんを襲ったという証はあるのですか」

「ありません。ただ、多吉らしい男が道具屋で匕首を手に入れているのです。多吉がおとせを殺したことは間違いなく、そこからそう想像しただけです」

島吉は自信を持って言う。

「では、多吉さんがおとせさんを殺したにしても、その理由がおとせさんの口封じ以外にあるかもしれませんね」

「まあ、そうですね。でも、そう考えるのが自然でしょう」

「たとえば」

栄次郎は口にした。

「多吉さんとおとせさんは好き合っていた。だが、おとせさんの旦那に気づかれてふたりは別れさせられることになった。それで、多吉さんはおとせさんを殺し、自分は首を括った。そういう想像は出来ませんか」

「いえ」

島吉は首を横に振る。

「おとせの旦那は、多吉との関係に気づいていなかったんです」

「通いのおよねさんは？」

「気づいていません」

「およねさんは今はどちらに？」

栄次郎はきいた。

「三ノ輪のいろは長屋にいます」

島吉は答えてから、

「いかがですか、おまちを説き伏せられますかえ」

と、含み笑いをした。

「まだ、なんとも」

栄次郎は首を傾げ、

「ところで、おとせさんの旦那はどなたで？」

「会いに行くんですかえ」

島吉は顔をしかめた。

「ええ、いちおう話をお聞きしたいので」

「日本橋本町（にほんばしほんちょう）三丁目にある紙問屋『和泉屋（いずみや）』の甑右衛門（かんえもん）さんです」

島吉は口にした。

三

島吉と別れ、栄次郎は本町三丁目にやって来た。

紙問屋『和泉屋』は漆喰の土蔵造りで、大きな金文字の屋根看板がすぐ目につく。

間口の広い大きな店で、戸口に長い暖簾が掛かっている。

栄次郎は店先に立って中を窺う。店座敷に、客がいて手代らしき奉公人が相手をしていた。

栄次郎が敷居を跨ぐと、番頭らしき落ち着いた感じの男が近付いて来た。

「いらっしゃいませ」

「すみません。客ではないんです」

栄次郎は断って、

「矢内栄次郎と申します。旦那の甂右衛門さんにお会いしたいのですが」

と、申し入れた。

「どのような御用でしょうか」

「あるお方のことでお訊ねしたいことがあります」

妾のことだとは言えないので、栄次郎は曖昧に言う。

「あるお方とは？」

「小間物屋の多吉さんと関わりのあるお方です」

「多吉さんですか」

番頭は呟いてから、

「少々お待ちください」

と、奥に向かった。

しばらくして番頭は戻って来た。

「どうぞ、こちらに」

番頭は店座敷に上がるように言い、すぐ横にある部屋に案内した。

ほどなく、恰幅のよい四十歳ぐらいの男がやって来た。

目の前に腰を下ろし、

「甑右衛門ですが」

と、名乗った。

「突然にお邪魔して申し訳ありません。矢内栄次郎と申します」

「小間物屋の多吉のお知り合いですか」

「多吉さんの妹おまちさんの知り合いです」

甑右衛門がきいた。

栄次郎は答える。

「で、私に何を?」

「多吉さんは三ノ輪のおとせさんを殺し、自ら首を括って死んだとされています。三ノ輪のおとせさんは和泉屋さんが面倒を見ていたとお伺いしました」

「ええ」

甑右衛門は素直に認めた。

「奉行所の調べですと、多吉さんがおとせさんに懸想をしたということですが、和泉屋さんはおとせさんから何か聞かされていませんでしたか」

「いえ、私は聞いていません」

「多吉さんが懸想していたと思いますか」

「あり得るでしょう。おとせは色っぽい女で、いつも相手の目をじっと見つめるので、相手は自分に気があるのではないかと誤解することがあるようです。多吉は若いですから、誤解からその気になってしまったのかもしれません」

甑右衛門は顔を歪めた。

「多吉さんと会ったことがあるんですか」

「私がおとせのところに行っているとき、多吉がやって来たことがあります」

「どんな印象を持ちましたか」

栄次郎はきいた。

「色白で上品な顔だちなので女にはちやほやされるだろうと思いましたが、それ以上は特に何も」

「多吉さんは女にもてそうな男だったのですか」

「ええ」

「では、おとせさんも多吉さんに惹かれているのではないかとは思わなかったのでしょうか」

「それは思いません。おとせは、多吉のような優男ではなく、もっとたくましい男のほうが好きでしたから」

甑右衛門は口元を歪めた。

「過去に、そのようなことがあったのですか」

栄次郎はすかさずきいた。

「…………」

甑右衛門は口を閉ざした。

「何かあったのですか」

「いや、ちょっと」

甑右衛門は言ってから、

「庭の手入れに来た植木職人といい仲になりかかった。色の浅黒いたくましい男だった」

と、口元を歪めた。

「そうですか」

栄次郎は甑右衛門が言い繕っているように思えた。ほんとうはおとせには好き合っている男がいたのではないかという気がした。

栄次郎は間をとってから、

「和泉屋さんは、多吉さんがおとせさんを殺したとお思いですか」

と、きいた。

「そうではないのですか」

嘉右衛門は逆にきいた。

「じつは、妹のおまちさんは否定しているのです。兄はひと殺しなどするような男ではないと」

栄次郎は言う。

「頭に血が上ってしまったら、ひとは変わりますからね」

甃右衛門は冷静に言う。

「多吉さん以外に、おとせさんに言い寄っている男はいなかったのでしょうか」

「さあ、私にはわかりません」

「おとせさんが誰かに恨まれているようなことは？」

「ないはずです」

甃右衛門は言ってから、

「矢内さまも多吉が下手人ではないと思われているのですか」

と、きいた。

「いえ、おまちさんが納得するようにしてやりたいのです。私が調べて、やはり多吉さんが下手人だったとわかったら、おまちさんを説き伏せようと思っています」

栄次郎は口にした。

「そうですか。同心の沢井さまや島吉親分がさんざん調べたことですから間違いないはずです」

甑右衛門は言い切った。

廊下にひとの気配がした。

「旦那さま。門倉(かどくら)さまがお見えになりました」

障子越しに奉公人の声がした。

「わかった」

甑右衛門は応じ、

「申し訳ありませんが、来客ですので」

と、栄次郎に顔を向けた。

「いえ、長々と失礼いたしました」

栄次郎は詫びて、すぐに立ち上がった。

土間から外に出るとき、見送りについて来た番頭に、

「門倉さまとはどなたですか」

と、きいた。

「さる大名家のご家中のお方です」

「大名家ですか」

その大名家の御用達(ごようたし)なのだろう。

栄次郎は『和泉屋』を出て、本町三丁目から浅草御門を抜けて黒船町のお秋の家に戻った。

お秋の家を出て、本郷にある屋敷に帰ったのは五つ（午後八時）過ぎだった。

矢内家の当主は兄栄之進で、御徒目付である。

御徒目付は城内での宿直や大名が登城するときの玄関の取締りなどを行なうが、御目付の下で旗本以下の監察を行なう。

栄次郎が帰ったとき、兄栄之進はすでに帰っていた。

着替えを済ませたとき、襖の外で兄の声がした。

「栄次郎、帰ったか」

「はい」

栄次郎が返事をすると、兄が襖を開けた。

兄は亡き矢内の父に似て、いかめしい顔をしているが、実際は如才のない男だった。

「落ち着いたら、俺の部屋に来てくれ」

「わかりました。すぐお伺いいたします」

栄次郎は兄の部屋に行き、差し向かいになった。

「兄上、何か」

「うむ。じつはあるお方からそなたに縁組の話を持ち込まれたのだ」

「えっ、兄上に？」

「うむ」

兄は困惑した顔をした。

「なぜ、兄上に？　ひょっとして、組頭さまからですか」

兄の上役の御徒目付組頭からの頼みで断れないのかと思った。

「いや、その上だ」

「その上、御目付さまから？」

栄次郎は耳を疑った。

「うむ。栄次郎はまだ嫁をもらうつもりはありませんと、丁重にお断りをしたのだが、わしの顔を立てると思って先方と会うだけでも会って欲しいと頼まれてな」

「なぜ、御目付さまがそこまで？」

「御目付さまもどなたかに頼まれたようだ」

「どなたで？」

「教えてくれなかった。そなたが承知をしてくれたら改めて話すということだ。どうだ、栄次郎。会うだけでも会ってくれぬか」

「しかし……」

栄次郎は困惑しながら、

「その気がないのに、お会いするなんて相手に失礼ではありませんか」

と、諭すように言う。

「わかっている。そのとおりだ。だから、わしも組頭さまにそう申し上げた。だが、組頭さまはそれでいいと」

「そんな……」

組頭がよくても自分の気持ちが治まらない。

「あとのことは、組頭さまは自分が責任を持つと仰った。だから、ただ会ってくればいいと」

「どういうことなのでしょうか」

「わからんが……」

兄は言ってから、

「こういうことが考えられる」

と、続ける。

「相手の娘は評判の器量良しだそうだ。会えば、そなたも必ず気に入るだろう。そういう自信があるのかもしれない」

「いくら絶世の美人だからといって、誰もがなびくわけではありません」

栄次郎は冷めた声で言う。

「うむ。そうそう、その娘は芝居が好きだそうだ。ときおり、市村座にも行っているようだ」

「しかし、芝居好きかどうかは関係ないと思いますが」

「そうだな」

兄は苦しそうにため息をつき、

「栄次郎、忘れてくれ」

と、言った。

御目付直々の頼みを拒んだら、兄の今後に影響するかもしれない。そのことを考えると、無下に出来なかった。

「いえ、お受けします」

栄次郎は答えた。

「受ける？」

「はい。ただし、お会いするだけです」

「いいのか」

「はい」

「すまない」

兄は頭を下げた。

「いえ。それより、どなたがこのようなことを思いついたのか、知りたいのでわかったら教えてください」

「わかった。わしも、いったい誰がこんなことを考えたのか気になる」

兄も正直に言う。

「まさか、大城さまのほうでは？」

栄次郎は想像した。

兄は書院番の大城清十郎の娘美津と縁組をすることになっている。大身の旗本の娘がなぜ小禄の御徒目付の家に嫁いでくるのか。三千石の旗本に対して矢内家は二百石の御家人である。

栄次郎が大御所治済の子であることも影響しているかもしれないと思った。

治済がまだ一橋(ひとつばし)家当主だった頃に、旅芸人の女に産ませた子が栄次郎だった。そのとき、治済の近習番を務めていたのが矢内の父で、栄次郎は矢内家に引き取られ、矢内栄次郎として育てられた。

大城清十郎にはそのような打算がまったくないことがわかっていた。

栄次郎の今回の話はその辺りから出ているのか。だが、兄は否定した。

「わしもそう思ってそれとなくきいてみたが、違った」

「そうですか」

兄の縁組が決まってから、栄次郎に養子の話が持ち込まれるようになった。それは母がいろんなひとに栄次郎のことを頼んでいるからだが、今回の話はそっちのほうからではない。

そうなら、母が栄次郎に直接話をするはずだ。

「この話を母上はご存じなのですか」

栄次郎はきいた。

「いや、まだ話していない。相手の旗本の名も、仲立ちのお方の名も知らないのだから」

「そうですね。ともかく、お会いだけはいたします」

栄次郎は言う。

「明日にでも御目付さまにお返事をする」

「ところで、兄上」

栄次郎は改まって、

「美津どのとの結納（ゆいのう）の日取りはまだ決まらないのですか」

と、きいた。

縁組が決まってから日が経っている。何度か結納の日取りが決まりかけては立ち消えになっている。

「じつは大城さまのほうで何らかの事情があるらしい。詳しいことは話してもらっていない」

「そうですか。まさか、最悪の事態になるということは？」

栄次郎は不安そうにきいた。

「縁組の解消か」

「はい」

「それはない」

兄は一笑に付した。

「大城さまのほうの仕事絡みのことだ。美津どのはいつでも我が家に移り住むことが出来ると言っていた。結納も祝言もすっ飛ばしてな」

さすがにそれは出来ない。祝言には世間に対して夫婦になったことを知らしめる意味もあるからだ。

「安心しました」

兄は美津を好いているのだ。縁組が解消されることだけが心配だった。

「では、私はこれで」

栄次郎は引き上げようとした。

「明日には相手の名もわかろう」

「はい」

「失礼します」

栄次郎は立ち上がり、兄の部屋を出た。

だが、気が重かった。

四

翌日、栄次郎は本郷の屋敷を出て、湯島の切通しから下谷広小路に出て、上野山下を通り、下谷を過ぎて三ノ輪にやって来た。

途中でひとに訊ね、いろは長屋に向かった。

長屋木戸を入り、井戸端で洗濯をしている女に声をかけ、およねの住まいをきいた。

奥から二軒目だった。

栄次郎はそこに向かった。

腰高障子の前に立ち、声をかけながら戸を開けた。

「およねさん、いらっしゃいますか」

薄暗い部屋の真ん中で縫い物をしていた婆さんが顔を向けた。

「失礼します」

栄次郎は土間に入り、

「およねさんですか」

と、きいた。

「へえ、およねですが」

針を持つ手を止めたまま答える。

「私は矢内栄次郎と申します。小間物屋の多吉さんのことで少しお話をお聞きしたいのですが」

「……………」

およねは表情を曇らせた。

「私は妹のおまちさんの知り合いです。おまちさんは兄の多吉さんがひとを殺し、自ら首を括ったことが信じられないと訴えているんです」

「そうでしょうね」

およねが呟くように言う。

「およねさんもそう思うのですか」

「ええ、あんなおとなしそうなひとが殺しだなんて、信じられません。私にもとても親切でね」

およねは目を細めて言う。

「多吉さんはおとせさんに言い寄っていたのを知っていましたか」

「いえ。そんな気振り(けぶ)りはありませんでしたよ」

およねは強い口調で言う。

「およねさんは、多吉さんがおとせさんを殺したと思いますか」

栄次郎は確かめるようにきいた。

「私も信じられません」

「島吉親分から、そのことをきかれましたか」

「いえ」

「もし、多吉さん以外に下手人がいるとしたら、それらしき人物に心当たりはありませんか」

念のために、きいてみた。

「………」

およねは俯いた。

「何か」

栄次郎は声をかける。

「旦那さまが来ない日の夜、おとせさんのところにやって来る男のひとがいたんです」

「どういうことですか」

「私はいつも夕飯の支度をして引き上げるのですが、一度忘れ物に気づいて五つ（午後八時）頃、とりに行ったんです。そしたら、男のひとがおとせさんの家に入って行くのを見たんです」

「どんな男かわかりますか」

「見たのは後ろ姿だけでしたから」

「多吉さんでは？」

「いえ、違います」

「背格好は？」

「細身で、背は高かったです」

「その男は泊まっていったんでしょうね」

「ええ、朝早く、私が顔を出す前に引き上げたようです。でも、おとせさんはすっきりした顔で、上機嫌でした」

「その男はおとせさんのいいひとのようですね」

「ええ」

「そのことを島吉親分には言いましたか」

「いえ」

　およねは首を横に振る。

「一度しか見ていませんし、それにそのことが旦那さまに知れたら、旦那さまもいやな思いをするでしょうから」

　確かに甑右衛門はおとせにそんな男がいるとは思っていなかっただろう。多吉が言い寄っても撥ねつけてきた女に、まさか間夫(まぶ)がいたとは……。

　しかし、おとせと間夫の間に何かあったとしたらどうか。その間夫がおとせを殺したということも考えられる。

　だが、栄次郎はこの考えを即座に否定した。この間夫がおとせを殺したとしても、多吉を首吊りに見せかけて殺すことは考えにくい。それに、危険を冒してまで新たなひと殺しをする必要があるか。

　そこまで考えて、栄次郎ははっとした。

　甑右衛門はほんとうに気づいていなかったのだろうか。もし、気づいていたのなら……。いや、ひとを一方的に疑うことは戒(いまし)めなければならない。

　しかし、事実かどうかは別にして、そういう考えも出来なくはない。

　甑右衛門はおとせが自分を裏切っていると知ってかっとなり、おとせを許せなかった。

それで、誰かに命じて殺したが、自分に疑いがかからぬように下手人を仕立てた。その標的になったのが多吉だった……。

そう考えたが、なぜ多吉を選んだのか。

おとせと間夫を相対死(あいたいじに)に見せかけて殺せばいいはずで、無関係な多吉を巻き込む必要はなかったはずだ。

それとも間夫を殺すのは容易ではなかったのか。

間夫は今はどうしているのか。おとせが殺され、間夫とて怒りに燃えているだろう。間夫も多吉が殺したと信じているのか。

それより、甑右衛門は間夫のことをなんとも思っていないのか。

「おとせさんと旦那はうまくいっていたのですか」

栄次郎はきいた。

「私の前では、ふつうでしたが」

「旦那はおとせさんに男がいるとはまったく気づいていなかったのでしょうか」

「と、思いますけど」

およねは首を傾げる。

「気づいていたかもしれないと?」

「旦那はほとんど表情を変えないのでわからないのです」

「気づいていたとしても他人からはわからないのですね」

甑右衛門に疑いの目を向けていることに気づいて、栄次郎はあわてて自分を戒めた。

あくまでも、こういうことも考えられるというだけの話だ。

だが、念のためにこの可能性も調べておく必要はあると思った。

礼を言い、およねの家をあとにした。


途中、自身番に寄って岡っ引きの島吉の居場所を訊ねたが、きょうは顔を出していないとのことで、どこにいるかわからなかった。

念のために下谷坂本町三丁目にある島吉の家に行った。すると、島吉は家にいた。

「いったん戻っただけで、これからまた出かけるところです」

島吉は羽織の紐を締めながら出て来た。

「ちょっとだけいいですか」

「外で」

島吉は近くの空き地に行った。

「で、何の用で」

島吉はきいた。

「殺されたおとせさんのことなんですが」

栄次郎が切り出すと、島吉はうんざりした顔で口にした。

「矢内さま。そのことはもうけりがついております。今さら、何を言っても仕方ありませんぜ」

「おとせさんに間夫がいたかもしれないのです」

栄次郎は島吉の声に覆い被せるように言った。

「間夫？」

島吉は眉を寄せた。

「通いのおよね婆さんが一度夜におとせさんの家に入って行く長身の男を見たそうです。もちろん、それだけで間夫だと決めつけることは出来ませんが、かといって無視していいとは思えません」

「何度も言って恐縮ですが、多吉がおとせを殺し、首を括ったのです」

「親分」

栄次郎は諭すように、

「おとせさんが殺されたことを知ったのは、多吉さんの首吊り死体を見つけたあとですね。血のついた匕首が置いてあったから誰かを刺したのだろうと思って調べたらおとせさんが殺されていた」

「ええ」

「もし、先におとせさんの死体を見つけたらどうだったでしょうか。おとせさんの周辺のことをもっと調べたのではありませんか。そしたら、およね婆さんが見たという男について調べたのではありませんか」

「矢内さま。仰ることはわかりますが、結果から見れば、多吉がおとせを殺して自ら死んだことは明白なんです。仮に、おとせに間夫がいたとしても、殺しには関係ありません。もういいですか」

島吉は面倒くさそうに言う。

「もし、他に下手人がいて、おとせさん殺しを多吉さんの仕業に偽装したとしたら？」

「お言葉ですが、矢内さまは多吉の妹の言うことを鵜呑みにし過ぎていますぜ。おとせを殺したのがその間夫だというんですかえ」

「いえ」

「じゃあ、誰が？　まさか、おとせの旦那を疑っているのでは？」

「疑っているというより、そういうことも考えられると。ですから、もっといろいろと調べるべきだったのではないかと思ったのです」

「つまり、あっしらを非難しているんですね」

島吉は気色ばんだ。

「いえ、そうではありません」

「仮に、おとせに間夫がいたとしましょう。翫右衛門が気づいておとせを殺した。しかし、多吉を殺すより、その間夫を殺すのが当たり前じゃありませんか」

「ええ、そのことは私もわかりません」

栄次郎は素直に言う。

「矢内さま。けりのついたことを蒸し返すのは無駄です。もうやめにしませんか」

「…………」

栄次郎は返答に窮したが、

「ひとつだけ教えてください」

と、栄次郎は思いついたことを口にした。

「おとせさんが殺された以降で、どこぞで男の死体が見つかったということはありませんか。長身の男です」

「長身の男？」

島吉の顔が厳しくなった。

「見つかったのですね」

栄次郎は想像が当たったと思った。

「深川の小名木川にかかる万年橋の袂で長身の男の死体が見つかったそうです。梅次という遊び人です。縄張りが違うので詳しいことは知りませんが、おとせとは関係ないでしょう」

「下手人はわかったのですか」

「いえ。まだわからないようですが、下手人は侍です」

「侍？」

「袈裟懸けに斬られていたそうです」

「袈裟懸けですか」

「矢内さまの考えからしたら、おとせも梅次も多吉も同じ下手人の仕業ということになりますね。でも、実際は三人とも死因は違いますぜ」

確かに、おとせは匕首で刺され、多吉は首を括り、梅次は刀で斬られている。

「島吉親分はどうして梅次が殺されたことを知っているんですか」

「いちおう、江戸市中で起きたことは沢井の旦那から聞かされていますが、深川を縄張りにしている権蔵親分が吉原に聞き込みに来たんですよ」

「吉原ですか」

「ええ、梅次はよく小名木川の高橋の近くにある船宿から猪牙舟で山谷堀まで出かけていたようです。それで、梅次が吉原に通っていたのではないかと調べていたんですよ。そのとき、たまたま権蔵親分と出くわし、事情を聞いたというわけです」

島吉は説明した。

「梅次は吉原に行っていたんですか」

「わからなかったようです。深川から舟に乗って山谷堀まで来ているのですから、少しは金があるのでしょう。そこそこの見世に上がっていると踏んだようですが、誰も梅次のことは覚えていなかったようです。長身で、苦み走ったいい男だったそうですから、誰かが覚えていてもよさそうですが」

「おとせさんの前身はなんだったのですか」

あることが閃いて、栄次郎はきいた。

「門前仲町の芸者です」

「梅次もずっと深川なんですね」

「……………」

栄次郎が言おうとしていることがわかったのか、島吉は厳しい顔になった。

「山谷堀から日本堤を通って吉原の前を通りすぎて行けば三ノ輪に行き着きますね」

「それは考えすぎです」

島吉は言うが、表情が強張っているように思えた。

「ほんとうに関係ないかもしれませんが、いちおう芸者時代のおとせさんと梅次に繋がりがあったかどうかだけでも調べてはどうでしょうか」

「仮に、ふたりが親しかったとしても、その関係が今まで続いていたことにはなりませんよ」

島吉は顔をしかめて言う。

「わかっています。しかし、当時ふたりが好き合っていたら、和泉屋さんの妾になったおとせさんを恨んでいたということも考えられます。和泉屋さんが自分を裏切ったおとせさんと梅次を殺したと考えるより、梅次がおとせさんを殺して、多吉さんに罪をかぶせようと首吊りに見せかけて殺した。その梅次が今度は殺された。何者かがおとせさんの仇を討ったとも考えられます」

「何者かとは誰です？」

島吉がきく。

「いえ。これもいろいろ想像が……。和泉屋さんが妾を殺された恨みを浪人を雇って晴らしたとも。あるいは、芸者時代にもうひとり侍がおとせさんといい仲だったとか」

「それはいくらなんでも考えすぎでしょう」

島吉は言う。

「ええ、私もそう思います。ともかく、芸者時代に梅次とはまったく繋がりはなかったことがわかれば、私の考えはすべて瓦解します。ですから、おとせさんと梅次の関係を」

栄次郎は頼んだ。

「うむ……」

島吉は唸ったが、返事はしない。

「私は考えられることをひとつひとつ潰し、その上で多吉さんの仕業だとしか考えられないとなれば、おまちさんを説き伏せられます。どうか、お願い出来ませんか」

栄次郎は哀願した。

「おとせと梅次が関係ないことがわかれば、矢内さまもこの件は納得されるのですね」

「はい。私も多吉さんの仕業だと信じます。ただ、繋がりがあったからといって、梅次がおとせさん殺しに関係していると言い切れるわけではないことも承知しています。ただ、その場合は、もう少し深く調べることになりますが」

栄次郎は自分の考えを述べた。

「わかりました」

島吉は折れたように言い、

「ともかく、そのことだけでも調べておきましょう。でも、これだけです」

と、最後は釘をさした。

「お願いします」

栄次郎は島吉と別れ、下谷車坂町に向かった。

栄次郎は、多吉が母親と住んでいた長屋の木戸を入った。

長屋の住人にきいて、多吉の母親の住まいの前に立った。

「ごめんください」

声をかけて、腰高障子を開ける。

部屋の隅にふとんが敷いてあったが、母親らしき女は起きていた。痩せていて白髪が目立つので、実際よりも老けて見える。

栄次郎は土間に入り、

「私は、おまちさんの知り合いで矢内栄次郎と申します」

と、名乗った。

「おまちはお店に戻りましたけど」

田原町にある木綿問屋の『赤城屋』だ。

「そうですか。おまちさんから伺いましたが、お兄さんの多吉さんがとんだことで」

栄次郎はお悔やみを言う。

「ええ……」

母親は俯いた。

「じつはおまちさんが多吉さんのことで……」

栄次郎が切り出すと、遮るように母親は口をはさんだ。

「あの娘が何か」

「兄の多吉さんがひとを殺して自ら死を選ぶなんて考えられないと仰っていたのです。その熱意に打たれて私は……」

「あの娘は兄のことが好きだったからそう思っているんです。どうぞ取り合わないでください」

「えっ?」

栄次郎は耳を疑った。

「どういうことですか。おまちさんは多吉さんの死を疑っています」

「多吉がばかなことをしたことは間違いありません」

母親は冷めた声で言った。

「あなたは、多吉さんがおとせさんを殺したあとで首を括ったと信じているのですか」

「……はい」

母親は頷いた。

「多吉の死に顔を見たとき、私は覚悟の自殺だとすぐに悟りました」

「では、おとせさんを殺したのも多吉さんだと?」

栄次郎はきく。

「多吉は純粋な男です。何があったかわかりませんが、おとせという女のひとの色香に迷ってしまったのでしょう」

「多吉さんは、それらしきことを口にしていたのですか」

「いえ。でも、最近は何か思い詰めたような目をしていました。何かに悩んでいたようでした」

母親は目を伏せて言う。

「悩んでいたのですか」

「ええ、大家さんも知っています」

「大家さんも？」

「大家さんからそのことできかれました。最近多吉は何か思い悩んでいるようだが、何かあったのかと」

「そうですか」

栄次郎は啞然とした。

「おとせさんのことで苦しんでいたのでしょうか」

「他に思い当たることはないので、そうでしょう」

母親はしんみり言い、

「おまちは奉公に上がっていて、最近の多吉を見ていません。ですから、信じられなかったのだと思います」

「あなたはおまちさんに、そのことをお話ししたのですか」

栄次郎はきいた。

「ええ。何度も言って聞かせました。でも、兄さんはそんなことをしないと頑なで……」

母親はため息をついた。

「大家さんの家は木戸の横の？」

「ええ、荒物を売っています」

「わかりました。よけいなお話をお聞かせしたようで申し訳ありませんでした」

栄次郎は謝った。

「ようやく落ち着きを取り戻してきたのです。どうぞ、多吉のことはそっとしておいてください」

「わかりました」

栄次郎は複雑な思いで辞去した。

その足で、大家の家に向かう。

訪れると、四十半ばぐらいの大家が出て来た。

おまちの母親に挨拶したようなことを言い、

「大家さんも、多吉さんが何かに悩んでいるようだと思ったそうですね」

と、きいた。

「ええ、いつも顔を合わせると元気よく挨拶をしてくるのですが、亡くなる半月前から何だか思い悩んでいるようでした。声をかけても、生返事をすることもあったり」

大家は続けた。

「それで、何があったのか母親にきいたんです。でも、母親もわからないと」

「大家さんは多吉さんが自殺をしたと思っているのですね」

「ええ、奉行所の調べでもそうですし、あんなに悩んでいる姿を思い出せば、納得せざるを得ません」

大家は息継ぎをし、

「多吉は最初から女を殺し、自分も死ぬつもりだったのでしょう。逃げ回ったら、母親や大家である私にも累が及ぶから自ら首を括ったのでしょう」

と、しんみりと言った。

栄次郎は困惑しながら引き上げた。

母親や大家の話から、やはり多吉の違った一面が垣間見えた。何に苦しんでいたのか想像でしかないが、おとせとのことであろう。

おとせは多吉に甘い言葉を囁いたのではないか。多吉はその気になったが、おとせは若い多吉を弄んだだけだった。逆上せ上がった多吉はおとせを殺して自分も死のうと思った。こういう筋書きが脳裏を掠めた。

おまちは多吉の悩んでいる姿を見ていない。だから、多吉の自殺が信じられなかったのだ。

おそらく、島吉に頼んだ件も、芸者時代のおとせと梅次には何の関係もなかったということになるだろう。

おまちをどう納得させるか、栄次郎は考えながら黒船町のお秋の家に向かった。

五

翌朝、栄次郎はいつものように刀を持って庭に出て、薪小屋の近くにある柳の木の前に立つ。

居合腰で構え、柳の小枝の微かな揺れを見て抜刀し、小枝の寸前で切っ先を止め、すぐに鞘に納める。

栄次郎は田宮流居合術の達人である。毎朝半刻（一時間）ほどの鍛錬を欠かしたことはなかった。

兄栄之進とともに朝餉を食べ終えたあと、栄次郎は兄の部屋に呼ばれた。

「栄次郎、先方と会う日が決まった」

兄は淡々として言う。

「七月二十六日の朝四つ（午前十時）、小石川にある暁雲寺の離れの茶室だそうだ」

「わかりました」

憂鬱になったが、義理は果たさねばならないと、栄次郎は自分に言いきかせた。

「で、お相手は？」

栄次郎はきく。

「おう、そうだ。相手は三千石の旗本岩城主水介さまのご息女若菜さまだそうだ」

「岩城さま……」

「岩城主水介さまの妻女どのは十万石の大名美濃藩大野家から輿入れをしている。大野家とは縁戚関係にある」

「そうですか」

栄次郎は頷いて、

「若菜さまはお幾つで？」

「十七歳だそうだ。美人で聡明なお姫さまだそうだ」

「それでは婿になりたい男はたくさんおりましょうね」

「うむ。そのようだ」

「それを聞いて安心しました。その気がないのにお会いすることに気が引けていましたので」

「わしもそのことは御目付さまに言ってあるから心配しないでいい」

「わかりました」

「それから、義理でのことなので、母上にはわざわざ知らせる必要もないだろうと思い、話していない」

兄は言った。

「で、当日は私だけで？」

「そうだ。先方がそなたに会ってみたいと言っているのでな」

何か腑に落ちなかったが、栄次郎は兄が不利にならないように努めようと思った。

本郷の屋敷を出て、栄次郎は元鳥越町にある師匠の家に寄った。きょうは三味線の稽古日だった。

師匠の杵屋吉右衛門は横山町(よこやまちょう)の薬種問屋の長男で、十八歳で大師匠に弟子入りをし、天賦の才から二十四歳で大師匠の代稽古を務めるまでになっていた。

来月、女形(おやま)の市村咲之丞(いちむらさきのじょう)の会で、地方を務めることになっていて、その演目の稽古をつけてもらい、栄次郎は師匠の家を出て、黒船町のお秋の家に行った。

そこで、また三味線の稽古をする。

お秋の家に着くと、お秋が出て来て、

「今夜は旦那がお見えになるわ」

と、教えた。

南町筆頭与力の崎田孫兵衛である。

「おまちさんのことでお話があるのでしょう」

お秋が言う。

「ええ、まあ」

栄次郎はあいまいに返事をして二階に上がった。

多吉のことではまだ割り切れない思いでいる。おまちの訴えには心を動かされたが、母親は多吉の自殺を疑っていないのだ。

多吉が何かに悩み、苦しんでいたことは大家も気づいていたことだ。こうなると、おまちの考えが核心から外れているという公算が大きい。

島吉親分によけいな調べをさせて申し訳なかったと、謝るしかないと思った。

三味線を取り出し、稽古に入る。

そして、夕暮れて、部屋の中が薄暗くなってきた。

お秋の声がして襖が開いた。

「栄次郎さん、沢井さまがお見えですよ」

同心の沢井達之助だ。

「上がってもらってください」

お秋に言い、栄次郎は三味線を片付けた。

やがて、二階の部屋に沢井と岡っ引きの島吉がやって来た。

「島吉親分もごいっしょでしたか」

栄次郎はふたりを部屋に迎え入れた。

「へえ、失礼します」

島吉は沢井と並んで栄次郎と向かい合った。

「矢内どの、島吉から聞きました」

いきなり、沢井が口を開いた。

「その件は……」

栄次郎は自分の思い過ごしだったと口にする前に、島吉が言った。

「おとせと梅次は好き合っていたそうです」

「えっ、ほんとうですか」

「ええ。おとせが在籍していた芸者屋に確かめたのですが、ふたりはいい仲だったと。料理屋の女将もそう言ってました」

「そうでしたか」

栄次郎はまさかと思った。

多吉の母親の言葉により、多吉が自殺したことは間違いないと思うようになっていた。

だから、おとせと梅次に繋がりはないだろうと、想像したのだ。

だが、ふたりは好き合っていたという。だからといって、梅次がおとせ殺しに関わっているかどうかは別だ。ただ、梅次も殺されている。偶然とするには疑問が多い。

「権蔵親分に確かめたのですが、梅次は山谷堀までときたま出かけているが、吉原が目的ではなかったと言ってました」

島吉は続けた。

「和泉屋甑右衛門に身請けされたおとせが三ノ輪に住んでいたと言うと、権蔵親分は俄に興奮してきました。やはり、梅次とおとせは切れていなかったのかと」

「矢内どの」

沢井が口を入れた。

「おとせ殺しは多吉の仕業だと天から決めつけていましたが、もう少し慎重に調べるべきだったと反省しています」

「しかし、母親は、多吉さんは死ぬ前に何かに悩んでいたようだと言ってましたね」

栄次郎は母親の言葉を持ち出した。

「ええ、そのことがあって、我らは多吉がおとせを殺し、自殺したと思ったのです。このときは梅次のことなど頭にありませんでした」

「でも、梅次のことがわかったにせよ、どうしておとせさん殺しが多吉さんの仕業ではないかもしれないという考えに至ったのですか」

梅次のことを島吉に話したのは昨日のことだ。たった一日で、考えが大きく変わったことに驚いた。

「権蔵親分は、梅次が殺されたのはおとせ絡みではないかと当初は思ったそうですが、おとせはすでに多吉に殺されていたと知り、その考えを退けたそうです。しかし、梅次殺しの下手人がまったく浮かび上がってこない。ところが、あっしが梅次のことで権蔵親分を訪ね、多吉の事件のことを話していて、権蔵親分の顔付きが変わったのです」

「権蔵親分の考えは？」

栄次郎はきいた。

「身請けした妾が昔からの間夫と密かに通じていたのだから、和泉屋瓢右衛門の怒りは激しかったのではないかと」

島吉は言い、

「瓢右衛門は金で殺し屋を雇い、おとせと梅次を始末したのではないかと考えたようですが、そうだとすると、多吉の首吊りがわからないのです」

と、疑問を口にした。

「あえて言えば、おとせ殺しを多吉に見られたために、殺し屋が多吉を殺したとも考えられます。その際、多吉を下手人に仕立てて……」

沢井が言う。

「梅次が殺されたのはおとせさんが殺された数日後ですね」

栄次郎は確かめる。

「そうです。三日後でした」

「なぜ、おとせさんと梅次を別々に殺したのでしょうか。三ノ輪の家にふたりがいるときを襲い、強盗に見せかけて殺せばいい。なぜ、そうしなかったのでしょうか」

栄次郎は疑問を口にした。

「多吉さんも同時に殺す理由があったのでしょうか」

「いや、多吉には殺される理由はありませんでした」

沢井が口にし、

「だから、自ら首を括ったという判断になったのです」

と、付け加えた。

「権蔵親分はこんなことを言ってました。おとせは梅次とも多吉とも情を通じていたのではと」

島吉が言う。

「確かに、そういうことであれば、三人を始末する必然が生まれますね。でも、妾のおとせさんが旦那の留守中にふたりの男をお互いに気づかれないように家に引き入れることは出来ましょうか」

栄次郎は首を傾げた。

「そうですね」

「ただ、沢井さまたちが始末をつけたように、ほんとうに多吉さんがおとせさんを殺して首を括ったのかもしれません。その場合、梅次はまったく別の理由で殺されたことになりますが」

栄次郎はそう言い、

「同じ結果になろうとも、あらゆる検討をした結果であれば、誰もが納得できると思います」

と、付け加えた。

「仰るとおりです。もう一度、調べ直してみます」

沢井ははっきりと約束した。

「お願いいたします」

ふたりを階下まで見送ったあと、栄次郎は外出した。

栄次郎は田原町にある木綿問屋の『赤城屋』に行った。

店のほうではなく、裏口にまわった。だが、夕餉の支度などで、女中は忙しい頃だと思い、出直そうとした。

引き上げかけたところに、背後から声をかけられた。

「何か御用でしょうか」

振り返ると、女中頭のような風格の女が戸を開けて出て来た。

「矢内栄次郎と申します。おまちさんにお会いしたいと思ったのですが、出直そうかと思いまして」

栄次郎は答える。

「おまちとはどのような？」

「お兄さんの多吉さんのことで、ちょっとお伝えしたいことがありまして」

「ちょっとお待ちください。今、呼んできます」

女中頭らしい女は勝手口に戻った。

しばらく待っていると、おまちがやって来た。

「矢内さま」

おまちが頭を下げた。

「今、だいじょうぶですか」

「少しぐらいなら」

「じつは、同心の沢井さまと島吉親分が改めて多吉さんのことを調べ直してくれることになりました」

「ほんとうですか」

おまちは目を輝かせた。

「ええ」

「でも、どうして？」

「殺されたおとせさんに間夫がいたことがわかったのですが、その間夫も殺されていたのです。そのことから、事件には複雑な背景があるようだとわかったのです」

栄次郎は説明する。

「そうですか」

「でも、調べ直しても、やはり同じ結果になることも考えられます。そのときは、あなたも現実を素直に受け入れてください」

栄次郎は諭すように言う。

「わかりました」

おまちは厳しい表情で頷いた。

「ところで、あなたのお母さんは、多吉さんの自殺を素直に受け入れていますね」

栄次郎はきいた。

とたんにおまちの顔色が変わった。

「おっ母さんは兄のことがあまり好きじゃなかったみたいです」

おまちの顔は強張っていた。

「好きじゃない？　どういうことですか」

「すみません、もう戻らないと」

おまちは頭を下げて勝手口に消えた。

兄のことがあまり好きじゃなかったみたいだという言葉が脳裏に焼きつき、栄次郎は唖然としておまちを見送った。

第二章　旗本の娘

一

七月二十六日、栄次郎は小石川にある暁雲寺の山門をくぐった。

それほど大きな寺ではないが、境内も掃除は行き届き、植込みに萩の花も咲いて、閑静な寺だった。

離れの庵の場所を探していると、若い女が近付いて来た。二十二、三歳だ。

「矢内栄次郎さまですね」

「ええ、そうです」

「私は旗本岩城主水介さまのご息女若菜さま付きの女中で、園と申します。若菜さまにお会いなさる前に一言」

お園は厳しい顔で、

「若菜さまは、本日の顔合わせに望んで来ているのではありません。義理ゆえに、いやいや来ています」

と、いきなり口にした。

「ですので、矢内さまには失礼な態度をおとりになるかもしれません。どうぞ、ご寛容をお願い申し上げます」

「若菜さまも義理で？」

栄次郎はほっとしたように確かめた。

「そうです」

「わかりました。私はだいじょうぶです」

栄次郎は若菜に同情した。

「では、どうぞ」

「ちょっとお待ちください」

栄次郎は声をかけ、

「どなたの義理できょうの顔合わせを？」

と、訊ねた。

「さあ、私にはわかりかねます」

お園は問いかけをかわした。

「わかりました」

三千石の旗本が拒めない相手とは誰だろうか。

お園の案内で、墓地とは反対の丘の上にある庵に向かった。脇に、女乗物が置いてあった。

入口にいた侍に刀を預けて部屋に上がった。

庭に面した座敷に通される。

そこに、五十歳ぐらいの痩せた武士と、華やかな感じの若い女がいた。つんとした顔で、栄次郎を見ている。

栄次郎は少し離れたところに腰を下ろし、

「矢内栄次郎と申します」

と、挨拶をした。

痩せた武士が口を開いた。

「私は岩城家の用人井川文左衛門（いかわぶんざえもん）だ。こちらが姫君の若菜さまである」

「はっ、よろしくお願い申し上げます」

栄次郎は頭を下げる。

「矢内どののたっての所望ということで、この席を設けたが、じつは若菜さまにはすでに決まった方がおるのだ」

井川文左衛門は妙なことを言った。

「お待ちください。今、私のたっての所望と仰いましたか」

栄次郎はきいた。

「うむ。河本さまの仲立ちではお断りも出来ず、こうして……」

「河本さまとはどなたでいらっしゃいますか」

栄次郎はきいた。

「若年寄の河本備前守さまだ」

「若年寄さまがどうして？」

栄次郎は戸惑いながらきく。

「これは異なことを」

文左衛門は口元を歪めた。

「矢内栄次郎どのが若菜さまを見初めて近付きになりたいと申している。ついては、会う場を設けてくれぬかと、城内にて殿にお頼みになられたのだ」

「何かのお間違いでは……」

栄次郎は口にした。

「間違いとは何か」

文左衛門は気色ばんだ。

「矢内さま」

はじめて若菜が口を開いた。

「あなたさまは大御所治済さまの子であられるそうですね。あなたさまがお頼みになれば河本さまも無下に出来ません」

「お言葉ですが、私は大御所の子だと思ってはいません。私の実の母は旅芸人でした。そんな私が恐れ多くも若菜さまに会いたくて若年寄さまに頼み込むことなどありません」

栄次郎はきっぱりと言った。

「やはりな」

文左衛門が冷笑を浮かべた。

「そなたがそう言うだろうと、河本さまが仰っていた」

「……………」

栄次郎は自分がたぶらかされたと思ったが、その理由には想像もつかなかった。

「若菜さま。私は今日はじめて、若菜さまにお目にかかりました。以前にどこかでお見かけしたということもありません」

栄次郎はきっぱりと言う。

「何を白々しい」

文左衛門が顔をしかめた。

「大御所の子だということで無理強いをなさるなんて卑怯ではありませんか」

若菜も冷ややかに言う。

「ご用人どの。いくら若年寄さまからの頼みとはいえ、なぜお断りにならなかったのですか。これが一介の御家人の子であるなら身分違いだと一蹴していたのではありませんか。大御所の子だという理由で受けたのですね」

「断って、あとでどんな仕打ちを受けるかわからぬでな。受けざるを得ないではないか」

「しかし、会ってもこのような失礼な応対をすれば……」

「いや、会ったという事実があれば、いくらでも申し開きが出来る」

「そうですか」

栄次郎はこれ以上、言い合っても何の益もないと思い、

「わかりました」

と、身を引いた。

「わかってくださったか。これで、我らは若年寄さまの無体な申し入れにお応えしたことになる」

文左衛門は皮肉そうに言う。

「では、若年寄さまには何とご報告をなさるおつもりでしょうか」

栄次郎はためしにきいた。

「さあ、なんとお答えしようか」

「若菜さまが矢内栄次郎を気に入らなかったとでもお話ししたほうがいいかもしれません」

「うむ。そういう返事になろう」

「若年寄さまのことです、矢内栄次郎がまだ未練を持っていて、もう一度会いたいと言っている。だから、もう一度だけ会う機会を作ってやってくれと言い出すかもしれません」

「なぜ、若年寄さまがそう言うと思うのだ?」

「今回の件がそうだからです」

「どういうことだ？」

文左衛門は不審そうにきく。

「同じ手を二度使うと思ったのです」

「なぜだ？」

「私もよくわかりません」

栄次郎は首を横に振った。

「なに、からかっておるのか」

文左衛門は不快そうに顔をしかめた。

「そうではありません」

栄次郎は否定する。

「矢内さま」

若菜が口を開いた。

「あなたは若年寄さまに今日のことをどのようにご報告なさるのですか」

「若菜さまに嫌われましたと正直に」

栄次郎は顔を向けて言う。

「あなたは最初からあまり私を見ようとしていません。なぜ、ですか」

若菜は問い詰めるようにきく。

「ご用人どのとの話に注意が向いていましたので」

「いえ。私に関心を示そうとしませんでした。それはあえてそうしていたのですか、それとも、他に理由が？」

「最初から手の届かない高嶺の花だとわかっていますから」

「ならば、なぜ無理強いをして私に会おうとしたのですか」

若菜はきっと睨んだ。

「いえ、私は……」

栄次郎は兄から頼まれたのだと言おうとしたが、思い止まった。

兄が御目付から頼まれたのだが、御目付の名は出さないほうがいいと思った。若年寄は酔狂でこのようなことを仕組んだわけではあるまい。若年寄の真意はわからぬが、何らかの事情から栄次郎を若菜に近付けさせたかったのかもしれない。ふたりを結びつけようなどという甘い話ではない。

「今まで、どんな殿方も私にいやらしい目付きを向けてきました。なぜ、矢内さまは私を前にして、そんなに冷静なのですか」

若菜は言う。

なんという自信に満ちた態度かと、栄次郎は不快になったが、じっと我慢をした。

「冷静な振りをしているだけです」

何だかわからないが、栄次郎の役目は若菜と親しくなることだと悟った。それが若年寄の、いや御目付の狙いなのではないか。

「若菜さまはお芝居がお好きとお伺いしました」

いきなり、栄次郎はその話をした。

「芝居？」

若菜は思いがけないことをきかれ戸惑ったようだ。

「ときたま芝居小屋にも行かれるとお聞きしたので」

「歌舞伎（かぶき）のことですか」

「はい」

「いえ。今まで二度ほど行っただけです」

「踊（おどり）はいかがですか」

「なぜ、そんなことをきくのですか」

若菜は顔をしかめてきく。

「来月の三日、市村座にて女形の市村咲之丞の会があります。ご覧になりませんか」

栄次郎は誘った。

「市村咲之丞は踊の名手です」

「いっしょに観に行こうというのですか」

若菜は鼻で笑った。

「いえ。若菜さまのお好きなお方とぜひ」

「………」

若菜は不思議そうな顔をした。

「なぜ、誘うのですか」

若菜が小首を傾げてきく。

「市村咲之丞さんは私が懇意にしている役者さんですので」

地方を務めるとは言わなかった。

「ご案内はあとでお届けいたします」

「矢内どの」

文左衛門は厳しい顔で、

「そなたとは若年寄さまに頼まれたから会うことにしたまでだ。これきりだ」

と、言い放った。

「わかりました。若菜さまが私を気に入らなかったということであれば、若年寄さまも納得なされるでしょう。失礼いたします」

栄次郎はすっくと立ち上がった。

女中のお園が見送りに出て来た。

刀を受け取り、外に出た。

栄次郎は会釈をして立ち去ろうとしたとき、お園が声をかけてきた。

「もし」

「はい」

栄次郎は立ち止まった。

「もしかしたら、あなたさまは三味線弾きでは？」

お園がきいた。

「どうして、そう思われるのですか」

「さっき、市村咲之丞の会の話をされていましたので」

「あなたは咲之丞さんをご存じですか」

「何度か舞台を観ました。踊も。この春の『娘道成寺（むすめどうじょうじ）』も」

「そうでしたか」

「そのとき地方で三味線を弾いていた杵屋吉栄という方にあなたさまがよく似ていらっしゃいます」

「仰るとおりです。私は杵屋吉右衛門の弟子で吉栄と申します」

「やはり、そうだったのですね。岩城さまのお屋敷に奉公する前まで、私も踊の師匠についていました」

お園はふと気づいたように、

「でも、なぜ吉栄さんが若菜さまと？」

と、不審そうにきいた。

「仲立ちをした方がなにやら勘違いをなさったようです」

「勘違い？」

「ええ。それより咲之丞さんの会にぜひ若菜さまをお連れくださいませんか」

「吉栄さんも地方で出演なさるのですね」

お園はきいた。

「ええ。出させていただきます」

「わかりました。若菜さまをお連れします。若菜さまはびっくりなさるかもしれません」

お園は含み笑いをした。

「では」

栄次郎はお園に挨拶をして山門に向かった。

二

昼過ぎに、黒船町のお秋の家に着き、それから半刻（一時間）後、岡っ引きの島吉がやって来た。

二階の部屋で向かい合うなり、島吉が切り出した。

「権蔵親分が三ノ輪界隈に聞き込みをかけたところ、三ノ輪町の木戸番が梅次らしき男を何度も見ていました。いつも、夜六つ半（午後七時）頃にやって来ていたようです。どこに行ったかまではわからなかったそうですが」

「梅次に間違いないのでしょうか」

「背格好や特徴は梅次そのものだったと、権蔵親分は言ってました。それから、おとせの家の隣に住む男が、長身の男が夜におとせの家に入って行くのを見てました。おそらく、梅次だろうと」

「おとせさんが梅次を家に引き入れていたことは間違いないようですね」

栄次郎は確かめる。

「ええ。そこで『和泉屋』の甋右衛門に話を聞きましたが、甋右衛門は芸者時代におとせに梅次という間夫がいたことを知っていたが、身請けのあと、手が切れたと思っていたと。ですから、今まで関係が続いていたとは信じられないと憤然としていました」

「ほんとうに、知らなかったのでしょうか」

栄次郎は首を傾げ、

「身請けして三年です。三年間も気づかなかったのでしょうか」

と、口にした。

「通いのおよね婆さんは、甋右衛門が男物の煙草入れを見つけて、おとせを問い詰めていたことがあったと思い出していました。おとせは、小間物屋が忘れて行ったものだと言い繕っていたそうです。甋右衛門がおとせの言葉を信じたか、疑いを持ったかは定かではありません」

島吉は厳しい顔で、

「権蔵親分は当然気づいているはずだと見ています。しかし、だからといって、甑右衛門が殺し屋を雇ったという証はありません。仮に雇ったとしても、なぜおとせ殺しの下手人に多吉を仕立てたのか……」

「多吉さんとおとせさんの間に何かあったのでしょうか」

栄次郎も首を傾げ、

「それとも、多吉さんは何か別の理由で命を狙われたとか」

と、想像した。

「多吉は謹厳実直な男だという評判です。ひとから恨まれるような男ではないようです」

「しかし、何かに悩んでいたようです。何に悩んでいたかがわかれば」

栄次郎はふとあることを気づいた。

「多吉さんには好いた女子はいなかったのでしょうか。そんな女子がいれば、悩みを相談していたかもしれません」

「しかし、そんな女子がいれば、多吉が死んだとき、家に駆けつけて来ていたんじゃないですか。そのような女子は誰もいなかったようです」

「そうですね」

栄次郎は頷いたが、

「でも、何らかの事情で顔を出せなかったのかもしれません。多吉さんに好きな女子がいなかったか、念のために小間物屋仲間などにきいてみたらいかがでしょう」

と、提案した。

「そうですね。やってみましょう」

島吉は応じてから、

「もし、多吉が首吊りに偽装されたとしたら、ひとりでは無理ですね。矢内さまが仰るようにふたり、もしくは三人掛かりということになります。三人もの殺し屋を雇えるとしたら、やはり和泉屋瓶右衛門ということになりますが」

「そうですね」

栄次郎は思いついてきいた。

「『和泉屋』はどんなお店なのですか」

「十万石の大名である美濃藩大野家の御用達になってからどんどん大きくなっていったようです。もともとは瓶右衛門の父親が美濃藩の出身だったそうです。そのこともあって、美濃藩との繋がりが深いのでしょう」

「美濃藩大野家ですか」

栄次郎は思わず呟いた。

旗本の岩城主水介の妻女は美濃藩大野家から輿入れしたと聞いている。

御目付が若年寄を介して栄次郎を岩城主水介の娘若菜に近付けさせようとした裏に何かあるのではないかと思っている。

その岩城家と縁戚関係にある大名家の御用達商人に妾殺しの疑いが浮上した。

「矢内さま。何か」

考え込んだ栄次郎に、島吉が不思議そうな顔を向けた。

「念のためですが、多吉さんは美濃藩大野家に出入りをしていなかったか調べていただけませんか」

「美濃藩大野家ですって」

「はい。それから、旗本の岩城主水介さまのお屋敷に出入りをしていなかったか」

「矢内さま。何か気になることでも？」

島吉が顔色を変えた。

「いえ。単なる思いつきで言っているだけです」

「でも、それにしても何かがあるのではないんですか」

「考えられることを洗い出して、それを消していこうと思ったのです。そうすれば、事実だけが残ります」

栄次郎はかねてからの考えを繰り返した。

「そうでしたね。わかりました、多吉の動きを詳しく調べてみます。思いつきですが、多吉が何かの秘密を知ってしまったってことも考えられますからね」

「ええ。多吉さんがひとから恨まれていないとなれば、そのようなことしか考えられませんから」

栄次郎も応じた。

「では、また、何かわかり次第、お知らせにあがります」

島吉は立ち上がった。

階下まで見送って、二階に戻り、三味線の稽古を続けようとしたとき、お秋が上がってきた。

「栄次郎さん、おまちさんがいらっしゃいました」

「そうですか。すみませんが、ここに通していただけますか」

「わかりました」

お秋が階段を下りて行く音がし、すぐに今度は上がって来る足音がした。

「どうぞ」

お秋が襖を開け、おまちに声をかけた。

「失礼します」

おまちが入って来た。

「どうぞ」

栄次郎はおまちに座るように言う。

「はい」

おまちは素直に栄次郎と差し向かうように腰を下ろした。

「どうかしましたか」

栄次郎はきいた。

「じつはきょうは半日お休みをいただき、おっ母さんのところに帰ったんです。それで、兄さんは殺されたかもしれないと言ったら、おっ母さん急に怖い顔になって
……」

おまちは肩をすくめた。

「怖い顔？」

「はい。多吉は自分で死んだのだと言うんです。兄さんはそんなひとじゃないと言うと、多吉のことはおっ母さんが一番よくわかっていると」

おまちは喘ぐように続ける。

「おっ母さんは多吉が苦しんでいる姿を見ていたからよくわかる。他人のお妾さんを好きになって悩んでいたって」

「他人のお妾さんを好きになって悩んでいたって、お母さんは多吉さんの悩みのわけを知っていたというのですか」

「兄を問い詰めたら打ち明けてくれたそうです。なんとか諦めるように説き伏せたけど、兄には通じなかったと」

「私には何で悩んでいるのかわからないと言っていましたが……」

栄次郎は不審そうに言う。

「兄の恥になると思って黙っていたそうです」

「奉行所の調べで、おとせさんを殺して首を括ったということにされています。おとせさんに懸想していたことになっているのです。おとせさんのことで悩んでいたと話しても、多吉さんの名誉には変わりないように思えますが」

母親の言い分は腑に落ちなかった。

それにしても、母親は多吉の自殺を信じて疑わないようだ。

「やっぱり、おっ母さんは兄のことが好きじゃなかったんです」

　おまちは厳しい顔で言う。

「何か、思い当たる節があるのですか」

「兄が死んだあとも、ひとりになって寂しそうですが、悲しんでいる様子はありません。私なんか、今でもふいに思い出して涙が出るのに、おっ母さんは平然としています」

「なぜ、なんでしょうか。以前は仲がよかったのでしょう。どうして、お母さんは多吉さんのことが嫌いになったんでしょうか」

　栄次郎はきく。

「わかりません」

　おまちは首を横に振ったあとで、あっと思い出したように小さく叫んだ。

「もしかしたら」

　おまちは目を細めた。

「おっ母さんは、兄が奉公先を辞めたことに不満を持っていたようです」

「奉公先を辞めた？」

「はい。兄は二年前まで、池之端仲町にある古着問屋に奉公していたんです。でも、番頭さんを殴って店を辞めさせられたんです。それから、小間物の行商をするようになったのですが、おっ母さんはそのことが不満だったようです」

以前に奉公していたことは初耳だった。

このことが今回の事件に関係しているかどうかはわからないが、気になった。

「なんという古着問屋ですか」

「確か、『上州屋』だったと思います」

「『上州屋』ですね」

栄次郎はさらにきいた。

「多吉さんが番頭さんを殴ったわけをご存じですか」

「いえ。でも、かなり厳しい番頭さんだったようです」

おまちはふと気づいたように、

「このことが何か」

と、きいた。

「関係ないと思いますが、念のために何があったのか調べてみます」

栄次郎は答えてから、

「多吉さんには好き合った女子はいなかったのでしょうか」

と、きいた。

「さあ、わかりません」

おまちは首を横に振った。

「でも、兄が死んだあともそれらしい女のひとは弔問に来ませんでした。兄にはそんなひとはいなかったのかもしれません」

「そうですか。好きな女子がいたら、悩みを打ち明けていたかもしれないと思ったのですが……」

栄次郎は落胆した。

「矢内さま。私はおっ母さんに強く言われても、兄は自殺だと考えられません」

おまちははっきり言い、

「どうか、お願いいたします。兄の汚名を濯ぎたいのです」

と、頭を下げた。

「島吉親分も本気になって調べています。きっと真実は明らかになるはずです」

栄次郎はそう言ったあとで、

「ただ、前にも言ったように、今度の調べでも、結局多吉さんは自殺だったという結果になるかもしれません。その覚悟もしておいてください」

と、念を押した。

「わかっています」

おまちは素直に答えた。

おまちが引き上げたあと、栄次郎は三味線の稽古に入った。

その夜、本郷の屋敷に帰ったが、兄はまだ帰宅していなかった。

兄が帰ったのは五つ半（午後九時）だった。兄が着替えを済ませ、落ち着いた頃を見計らって部屋を訪ねた。

「兄上。よろしいですか」

襖越しに声をかける。

「入れ」

返事がし、栄次郎は襖を開けて中に入り、兄の前に腰を下ろした。

「今日、岩城主水介さまのご息女の若菜さまとお会いしてきました」

「うむ。どうであったな」

兄はきいた。

「先方は岩城家の用人の井川文左衛門さまと若菜さま。ふたりにさんざん厭味を言われました」

栄次郎は口にする。

「厭味とな？」

兄は怪訝そうな顔をした。

「先方は若年寄の河本備前守さまに頼まれたそうです。それも、若菜さまにお目にかかれるように私が強引に頼み込んだことになっていました」

「栄次郎が？」

「はい。若菜さまは義理で来たのだと、さんざん厭味を」

井川文左衛門とのやりとりを話した。

「なんと」

兄は憤然とし、

「なぜ、御目付さまは栄次郎を騙してまで岩城さまのご息女と引き合わせようとしたのか。合点がいかぬ」

「兄上。岩城さまのほうは若年寄さまから頼まれたと思っています。でも、実際は御目付さまが私の名を出したのではありませんか」

栄次郎は確かめてから、

「御目付さまは、御徒目付の矢内栄之進の弟の私に何かを探らせる狙いがあったのではありませんか」

「狙い……」

兄は厳しい顔になった。

「岩城主水介さまの御家で何か問題が起きているようなことはありませんか。御目付さまが注意を向けるような何か」

「いや、気づかない。確かめてみよう」

「ただ、もう私は撥ねつけられました」

「うむ。なぜ、わしに何も話さずに……」

兄は顔をしかめた。

「おそらく、私が若菜さまに近付けたら、改めて狙いを話すつもりだったのではありますまいか」

「そういうことか。じつはなぜ、栄次郎をという疑問を感じたが、先方のたっての頼みということで深く詮索しなかった。やはり、何か狙いがあったのだな」

兄は顔をしかめ、

「いずれにしろ、組頭さまを介して御目付さまに真意をきいてみる」

と、強い口調で言った。

「ただ、私はもう御目付さまの期待を裏切ってしまいました。役に立たなくなった私にほんとうのことを話してくれるかどうか」

栄次郎は不安を口にする。

「若菜さまとはそれほど高慢なお方なのか」

兄はあきれたようにきいた。

「はい。自分を中心に世の中がまわっているように錯覚しているのかもしれません」

「我が儘な女のようだな」

「でも、先方から嫌われてほっとしました」

栄次郎は正直に言う。

「しかし、そなたが無理強いをして若菜さまに近付こうとしたなどとの誤解をされたままなのは辛かろう」

兄は気にした。

「強く否定しようと思いましたが、妙な疑惑を与えてはいけないと思い、最後は相手の思うがままにさせました。ただ、来月三日の市村咲之丞さんの会にお誘いしました。三味線弾きとわかれば、私が若菜さまに会うために無理強いをするわけがないとわかってもらえるかもと思ったのです。来るかどうかわかりませんが」

「芝居が好きだそうだが、来るようには思えぬが」

兄は悲観的に呟く。

「ただ、来てくれなくても、若菜さま付きの女中が私のことを知っていてくれました。その女中から私のことをきくと思います」

「三味線弾きだとわかったからといって、大御所のことを利用して会おうとしたということは変わりないと思うに決まっている」

兄は言い切る。

「そうかもしれません。でも、それが私に出来るささやかな抵抗です」

「そうか」

兄は頷き、

「ともかく、組頭さまには栄次郎が理不尽な目に遭ったと伝えておこう」

と、憤然と言った。

「ところで、岩城家と美濃藩大野家とは縁戚関係にあるということでしたね」

「そうだ。岩城主水介さまの妻女は大野家から輿入れをしていると聞いている」

兄は説明した。

「つまり、若菜さまの母君ですね」

「大野家御用達の紙問屋『和泉屋』の主人甑右衛門に絡んである事件が……」

「そうだ。それが何か」

小間物屋の多吉が甑右衛門の妾を横恋慕の末に殺して、自ら首を括ったという事件を話し、さらに妾の間夫だった男まで殺されたと、栄次郎は語った。

「ところが、多吉は首吊りに偽装されて殺されたのではないかという疑惑が浮上したのです。しかし、多吉には他人から恨まれることなどないんです」

栄次郎はさらに続ける。

「こじつけかもしれませんが、大野家とは縁戚関係にある岩城主水介さまのご息女に御目付さまが私を近付けた。何かを探らせるためかもしれません。つまり、岩城家に目をつけたのは、大野家と絡んでのことではないかと。勝手な想像でしかありませんが」

「いや、そなたの勘は鋭い。大野家についても調べてみよう」

「お願いいたします」

栄次郎は立ち上がり、自分の部屋に戻った。

三

翌朝、朝餉のあと、栄次郎は母に呼ばれて仏間に行った。

母は仏壇の前から離れた。灯明があがっている。

栄次郎は代わりに仏壇の前に座り、線香に火を点けて供えた。位牌がふたつ。矢内の父と、若くして亡くなった兄嫁だ。

兄は兄嫁が亡くなってから長い間落ち込んでいて、徐々に立ち直ってきても再婚する気は起きなかった。だが、旗本の大城清十郎の娘美津に一目惚れをしたのだ。兄の再婚を兄嫁も許してくれるだろう。

栄次郎は手を合わせて仏壇の前から離れ、改めて母と向かい合った。

「母上、何か御用でしょうか」

また見合いの話ではないかと、栄次郎は警戒ぎみにきいた。

「栄次郎」

母は口を開いた。

「昨日の昼前、どちらにいましたか」

「昼前？」

きき返してから、栄次郎はあっと声を上げそうになった。

「なぜ、ですか」

栄次郎はうろたえてきき返す。

「ただ、どちらにいたのかきいているだけです」

母はつんとしたまま言う。

母は知っている。そう思った。

「小石川にある暁雲寺というお寺です」

なぜ、母が知っているのかと訝りながら、栄次郎は正直に答えた。

「そこで何を？」

「別に……」

「別に、とは何ですか。答えたくないことですか」

「いえ、そういうわけでは」

栄次郎はしどろもどろになった。

「では、話してください」

「あるお方とお会いしていました」

「あるお方とは?」

母はなおも問いかけてくる。

正直に話していいものかどうかわからない。栄次郎は返答に窮した。

そのとき襖が開いた。

「母上、お待ちください」

兄が入って来た。

「栄次郎は私が頼んで、暁雲寺に行ってもらったのです。お役目柄、用件は母上にも言えないことで」

「栄之進の役目を栄次郎に押しつけたというのですか」

「そういうことになります。どうしても、私が表立って出られないことがありまして」

兄は言い訳をする。

「美しい娘御と会っていたそうではありませんか」

「それは、たまたま……」

「たまたま、なんですか」

母は容赦なく問い詰める。

「母上。役儀のことゆえ、今は詳しくお話し出来ません。お許しください」

「わかりました。栄之進の言葉を信じましょう」

「母上」

栄次郎は母の顔を窺うように見つめ、

「私のこと、どうして知ったのですか」

と、きいた。

「そんなこと、いいではありませんか」

母は切り捨てるように言う。

「…………」

あの寺の住職と知り合いという話は聞いたことがない。たまたま、母の知り合いがあの寺を訪れていたのか。

境内に誰も見なかったが……。墓地のほうにいたのか。

「もうよろしい」

母はふたりの顔を交互に見て言った。

なおもきこうとしたが、兄が制した。

「では、母上。失礼いたします」

兄は栄次郎を急かして部屋を出て行った。

兄の部屋に入ってから、

「母上はどうして昨日のことを知ったのでしょう」

と、きいた。

「わからぬが、岩城さまの用人が誰かに話し、それがまわりまわって矢内家の知り合いの耳に入ったのかもしれぬ」

「だとしたら、若菜さまとの顔合わせだったことも知っているのですね」

「そうだな」

兄は眉根を寄せたが、

「しかし、役儀のことというのは満更嘘ではあるまい。上役から頼まれたことだからな」

と、気を取り直して言う。

「しかし、岩城さまのほうから聞いたとしたら。私が無理強いをして若菜さまに会うことになったと伝え聞いたかもしれません。そのことが、母上には気に入らないことだったかもしれませんね」

「まあ、母上も納得したのだ。これ以上、考えるのはやめよう」

「はい」

栄次郎も頷いた。

栄次郎は、池之端仲町にある古着問屋の『上州屋』に赴いた。

広い店座敷に何人もの客がいて、それぞれ番頭や手代が着物を見せて説明している。

栄次郎が店先に立っていると、番頭らしき男が近付いて来た。

「いらっしゃいませ」

「すみません、客ではないのです。矢内栄次郎と申します。ご主人にお会いしたいのですが」

「どのような御用で?」

客ではないとわかって、番頭らしき男の態度が変わった。

「以前、こちらに奉公していた多吉さんというひとのことで」

「多吉……」

番頭らしき男は顔を歪め、

「そのようなことで主人がお会いすることはありません。どうぞ、お引き取りください」

と、追い返そうとした。

「じつは多吉さんは先日亡くなりました」

「とっくに辞めた者です。もう関係はありませんので」

冷たく言い放った。

「以前に奉公していた者が亡くなったのです。なんとも思わないのですか」

多吉の死に対して何の感情も示さないことに、栄次郎は怒りが込み上げた。

「あなたは番頭さんですか」

「そうです」

「どうしてもご主人に取り次いでもらえないのですね」

「そんなことでいちいち取り合ってはいられません。こっちは忙しいんです」

番頭はいらだったように言い、去りかけた。

「そうですか。仕方ありません。同心や岡っ引きの親分が出入りしないほうがいいと思って、私が単身で来たのですが、改めて同心の沢井さまにお願いしてみます。ご主人にそうお伝えください」

栄次郎はそう言い、踵（きびす）を返した。

「待ってください」

番頭はあわてて、

「なぜ、奉行所に関わりがあるのですか」

と、問い詰めるようにきいてきた。

「多吉さんは殺されたかもしれないのです。私は多吉さんと関わりがある者として真相を探っています」

「…………」

「多吉さんはひとから恨まれるようなひとではなかったようですが、ただ気になるのは二年前にこちらを辞めていた。そのことが殺されたことと関係があるのかないのか」

言い合っているとき、手代が近付いて来た。

「番頭さん。旦那さまが」

手代が声をかけた。

「旦那さまが？」

店座敷の端に細身の四十半ばと思える男が立っていた。

番頭はすぐにその男のそばに行った。

番頭は説明をしている。

やがて、戻って来た。

「旦那さまがお会いするそうです」

番頭は忌々しげに言う。

「どうぞ」

手代が栄次郎を案内した。

店座敷の並びにある小部屋で、栄次郎は『上州屋』の主人と向かい合った。

「矢内栄次郎と申します」

栄次郎は名乗った。

「多吉が殺されたというのはほんとうなのですか」

主人は厳しい顔できいた。

「はい。首を括って死んでいましたが、偽装の疑いがあります。しかし、多吉さんが殺される理由がわからないのです」

「…………」

「二年前まで上州屋さんに奉公していたことを知り、なぜ、奉公を辞めたのか、あるいは辞めさせられたのか。そこに殺しに繋がる何かがあるのかないのか。多吉さんが奉公していたときの様子と辞めた理由などを教えていただきたいと思いまして」

「まず」

主人は喉に突っかかったような声を発し、

「多吉が死んだことをはじめて知りました」

と、呟くように言った。

「知らせは？」

「ありません」

「そうですか」

辞めたところだから、多吉の母親もわざわざ知らせる必要はないと思ったのだろう。

「奉公人のひとたちも多吉さんとはつきあいはなかったのでしょうか」

「そうかもしれません」

「多吉さんと仲のよかったひとはいないのですか」

「おりました」

「誰ですか」

「おさきという女中です。じつは、多吉が辞めたのはそのことが理由でして」

主人は苦しそうに顔を歪め、

「うちは奉公人同士のつきあいを禁じています。ところが、多吉とおさきは密かにお店を抜け出して逢瀬を重ねていたのです」

「恋仲に？」

「そうです。そこで、番頭が注意を」

「番頭さんというと、先ほどの？」

「そうです。お店の決まりですから、注意をするのは当然です」

栄次郎は先を促した。

「そうですね。で、どうなったのですか」

「注意をきかず、その後も何度も逢瀬を続けていたので、番頭がそんなに好いているならふたりともお店を辞めろと」

「それで、多吉さんはお店を辞めたのですか」

「そうです」

「おさきさんは？」

「おさきも辞めました」

「おさきさんも辞めたのですか」

「はい」

「多吉さんは番頭さんを殴って辞めさせられたと聞いたのですが」

栄次郎はおまちの言葉を思い出してきいた。

「……ええ」

「事実なのですか」

多吉にそのような血の気の多い面があったのかと、栄次郎は意外だった。

「じつはおさきが……」

主人は渋い顔で言う。

「番頭が怒ったことで、おさきは泣きだしてしまいました。そのことに腹を立て、多吉は番頭を殴ったのです。とはいえ、それほど激しくではありません。怪我をしたわけではないのですが、番頭は興奮して騒いで……。結局、多吉は辞めざるを得なくなったのです」

「そうでしたか」

栄次郎は頷き、

「おさきさんは今はどうしているか、わかりますか」

「実家に帰ったあとのことはわかりません」

主人は首を横に振った。

「実家はわかりますか」

「日暮里（にっぽり）の新堀村（にいほりむら）です」

「こちらの奉公人で、多吉さんかおさきさんと親しかったひとはいませんか」

「おさきと仲がよかった女中がいます」

主人は言う。

「その女中さんに会わせていただけますか」

「わかりました」

主人は手を叩いた。

襖が開き、手代が顔を出した。

「すまないが、女中のおすみを呼んでおくれ」

「わかりました」

手代が下がった。

「矢内さま。多吉が殺されたとしても、ここでのことは関係ないように思いますが」

主人は顔色を窺うようにきいた。

「ええ、お話をきいてよくわかりました」

「そうですか」

主人はほっとしたような顔をした。

同心や岡っ引きが入り込んで、いろいろ調べられるのは迷惑であろう。

襖の外で声がした。

「おすみですが」

「お入り」

主人が声をかける。

「失礼します」

襖を開けて、おすみが部屋に入った。二十歳ぐらいの丸顔で、緊張しているらしく、表情が強張っていた。

「こっちに」

おすみを部屋の真ん中に招じて、

「こちらは、多吉の知り合いの矢内栄次郎さまだ。おさきのことで、おききになりたいことがあるそうだ」

「はい」

おすみは小さな声で言う。

「では、私は」

主人は部屋を出て行った。

「すみません、突然、呼び出して」

栄次郎は言い、

「おさきさんと仲がよかったそうですね」

と、確かめた。

「はい。いっしょの日に奉公に上がり、同い年のせいか、仲良くなりました」

「おさきさんが手代だった多吉さんと恋仲だったことは知っていましたか」

「はい。知っていました」

おさきは頷く。

「でも、お店では奉公人同士のつきあいは禁じられているんですよね」

「はい。ですから、ふたりが会えるように、私も手を貸しました」

「そうだったのですか。でも、気づかれてしまったんですね」

「はい。密かに会っていたところを、女中頭に見られてしまったんです」

「なるほど。多吉さんはどんな方でしたか」

「とてもやさしいひとでした。皆から好かれていたと思います」

多吉の評判はいいようだ。

「おさきさんがお店を辞めたあとはつきあいは？」

「三か月ほど前に、おさきちゃんが近くに来たからと言って、少しだけ会いました」

「どんな様子でしたか」

「とても元気そうでした」

「多吉さんとのことをききましたか」

「ええ、うまくいっているようでした」

「そうですか」

栄次郎は少し間を置き、

「最近は何の連絡もないのですね」

「ええ」

おすみは不安そうな表情で、

「おさきちゃんに何かあったのですか」

と、きいた。

「おさきさんのことではありません」

栄次郎はそう言ってから、

「多吉さんが半月ほど前に亡くなりました」

と、告げた。

「今、なんと?」

おすみは怪訝そうな顔をした。

「多吉さんは死にました」

「嘘」

おすみは悲鳴のような声を上げた。

「そんなの嘘です。だって、おさきちゃんから何も言ってきません」

「ふつうの死に方ではないので知らせられなかったのかもしれません」

栄次郎はしんみり言う。

「どういうことですか」

「多吉さんは首を括って死んでいたのです」

「まあ」

おすみは口を半開きにしたまま、啞然となっていた。

「当初の奉行所の調べでは、多吉さんは横恋慕していた女を殺し、自殺したとされていました」

「横恋慕ですって？ そんなことあり得ません。だって、多吉さんはおさきちゃんのことを好いていたんです」

「ええ。その後、兄が自殺なんかするはずないという多吉さんの妹さんの訴えによって、奉行所も改めて調べ直しているんです。私も妹のおまちさんから頼まれて、こうして多吉さんのことを調べているのです」

「多吉さんが亡くなったなんて知りませんでした。おさきちゃん、可哀そうに」

おすみは嗚咽を漏らした。

「多吉さんにおさきさんという方がいるとわかり、ますます多吉さんは何者かに殺された公算が大きくなりました」

「いったい、誰が？」

おすみは涙ぐみながら言う。

「これから、おさきさんに会いに行くつもりです」

「私が心配していたと伝えてください。ちっとも知らずにいてごめんなさいとも」

「わかりました。実家は新堀村ですね」

「神社の近くの百姓家だと言ってました」

「わかりました」

栄次郎は立ち上がり、おすみといっしょに部屋を出た。

主人に挨拶をし、『上州屋』をあとにした。

おさきの存在が決定的だった。妾のおとせに懸想するはずがない。多吉は殺されたのだと確信して、栄次郎は日暮里に向かった。

四

入谷から三ノ輪を通り、根岸(ねぎし)の里を過ぎ、田畑をさらってくる秋風を受けながら、音無川(おとなしがわ)沿いに下(しも)日暮里のほうに向かった。

かなたに小高い道灌山(どうかんやま)が見える。田畑に百姓の姿が目立つ。

下日暮里の新堀村に入った。氏神を祀った神社の近くで何人かに訊ね、ようやくおさきの実家を見つけた。

戸口に立ち、栄次郎は出て来た母親らしき女に来訪の目的を告げた。

「おさきに何か」

母親は不安そうに言う。

「多吉さんのことで」

栄次郎は名を出してみた。

すると、母親はため息をつき、

「じつは、おさきはうちにはいません」

と、言った。

「いないというのは？」

「十日ほど前に、家を出て行きました」

「今、どこに？」

「わかりません。落ち着いたら、知らせると言ったきりで……。どこかの尼寺だと思うのですが」

母親は困惑したように言う。

「尼寺？」

栄次郎ははっとして、

「どうして家を出たのですか」

と、きいた。

「多吉さんのことです」

やはり、母親は多吉のことを口にした。

「多吉さんをご存じなんですね」

「ここにも何度か来ていますので」

母親は頷いて言う。

「では、ふたりの仲を？」

「はい。いいひとに巡り合ったと喜んでいたのですが。あんなことになって」

「多吉さんが亡くなったことですね」

栄次郎は確かめる。

「そうです。おさきは多吉さんのことがあってから様子がおかしくなって、尼寺に入ると言って」

母親はため息をつき、

「多吉さんの死がかなり堪えたようです」

と、呟いた。

「ほんとうに尼寺でしょうか」

「多吉さんの菩提を弔いたいと言ってました」

まさか、後追いなどはしないかと不安になったが、母親を心配させるようなことは口に出来なかった。

「また、しばらくしたら来てみます。それまでに、連絡があるといいのですが」

栄次郎は言い、母親と別れた。

来た道を戻った。おさきに会えなかったのは残念だった。おさきは多吉が何に悩んでいたか聞いているはずだ。

もし聞いていたら、多吉をはめた下手人の手掛かりが摑めたかもしれない。

ほんとうに尼寺か。多吉の菩提を弔うためとはいえ、あまりにも多吉の死から早すぎるような気がするが……。

三ノ輪まで戻って来たとき、栄次郎はおとせの家の前を通った。

おとせの家は取り壊されていた。殺しがあった家は縁起が悪く、甑右衛門は処分したのだろう。

栄次郎がそのまま行き過ぎたとき、

「矢内さま」

と、背後から声をかけられた。

振り返ると、岡っ引きの島吉だった。

「島吉親分。ちょうどよかった」

栄次郎は思わず口に出た。

「あっしに何か」

「ええ。それより、親分はどうしてここに?」

「もう一度、おとせの家の周辺に聞き込みをかけていたんです。殺しのあった夜、不審な人物を見かけた者がいないか。これまでにも聞き込んでいたんですが」

「何かわかりましたか」

「いえ、だめでした。ですが」

島吉は厳しい顔になり、

「ちょっと場所を変えませんか」

と言い、近くの寺の境内に入った。

人けのない植込みの近くに行き、島吉は改めて口にした。

「おとせの家からもう少し奥に入ったところに住んでいる大工が妙なことを言ってました。その日は建前で、かなり酒を呑んでいたそうですが、おとせの家の前に侍が立っていたのを見たそうです」

「侍？」

「おとせが殺され、下手人は小間物屋の多吉だということだったので、侍のことは忘れていたそうです。改めてそのことを思い出したと」

「侍ですか」

「その職人が言うには、今から思えば、おとせの家から出て来る誰かを待っていたようにも思えたと」

「もし、そのことがほんとうだとしたら、おとせさん殺しには侍も関わっていることになりますね」

『和泉屋』が出入りしている美濃藩大野家のことが脳裏を過った。

「ええ。ただ、残念ながら顔は見ていなかったそうです。しかし、他にも侍を見かけた者がいるかもしれないので、聞き込みを続けています。で、矢内さまはどうしてここに？」

島吉がきいた。

「多吉さんは二年前まで池之端仲町にある古着問屋『上州屋』に奉公をしていて、おさきさんという女中と恋仲になったことで、店を辞めさせられたそうです」

栄次郎は説明した。

「新堀村の実家におさきに会いに行ったのですが、実家にはいませんでした。多吉さんの菩提を弔うために尼寺に入ると言って実家を出たそうです」

「そうですか。多吉には恋仲の女がいたのですか」

島吉はため息をついた。

「ええ。多吉さんの性格からして、おさきさんという女がいるのに、他人の妾に懸想するとは思えません」

栄次郎ははっきり言った。

「ええ。もはや、多吉が殺されたことは間違いないでしょうね」

島吉も言い切る。

「権蔵親分のほうはどうなんでしょうか」

梅次殺しについて、栄次郎はきいた。

「梅次は三か月ほど前、かなり金回りがよかったそうです」

「金回りが?」

「ええ、梅次とつるんでいるふたりの仲間が、梅次から料理屋で馳走になったそうです。どうして、そんな羽振りがいいのか、きいても何も答えなかったそうです」

「その頃、梅次はまとまった金を手にしたのですね」

栄次郎は想像し、

「それはまっとうな金ではないでしょう」

と、口にした。

「じつは、三か月前、ある紙の仲買人が辻強盗に遭い、五十両を盗まれているのです。紙の産地の業者に支払う手付けの金でした」

「紙? ひょっとして、『和泉屋』が関係しているのですか」

「ええ、『和泉屋』からの帰りだったそうです。『和泉屋』が産地の業者に支払う五十両を預かった仲買人が真っ昼間に柳原の土手で襲われたのです」

　島吉は息を継いで、

「この辻強盗は捕まりませんでした。梅次の仕業だという証はありませんが、今振り返れば、そうではなかったかと権蔵親分も言ってました」

「梅次はその仲買人が五十両を預かって引き上げて来るのを知っていて、待ち伏せていたということですね」

　栄次郎はそう推測し、さらに続けた。

「問題は、梅次がなぜそのことを知ったかですね」

「おとせからに違いありません」

（和泉屋甑右衛門はおとせにぽろりと話した、そのことを聞いて、梅次は辻強盗を働いた……）

　栄次郎はそう想像したとき、なるほどと思った。

「甑右衛門はその事件からおとせに疑いを持ったのではないでしょうか」

「それは考えられますね」

　島吉も大きく頷いた。が、すぐ表情を曇らせた。

「おとせも梅次もいません。今さら、明らかにするのは無理ですね」

「ええ。でも、見えていなかったものが、だんだん見えてきました」

栄次郎はそう言ったものの、まだまだ真相までは遠いように思えた。

おとせと梅次殺しは、甑右衛門が殺し屋を雇ったということで説明はつくが、そこに多吉が絡んでいることが事件を複雑にしている。

おとせと梅次を殺すだけなら、三ノ輪の家に梅次がやって来た夜に強盗が押し入ったように見せかけて殺せば、甑右衛門には疑いは向かないだろう。

それなのに、なぜおとせ殺しを多吉に背負わせた上に、多吉を殺したのか。

「調べれば調べるほど、多吉は殺されたという考えに傾いていきますが、では誰がということになるとまったく見当がつきません」

島吉はふと気弱そうに口にした。

「ちょっと甑右衛門を揺さぶってみましょうか」

栄次郎は思いついて言う。

「揺さぶる?」

「今のことをぶつけてみます。奉行所とは関係ない私が勝手な妄想を働かせたということで、甑右衛門に会って反応を窺ってみます」

栄次郎は思いつきを口にする。

「もちろん、この程度のことで尻尾は出さないでしょうが、真実に近付いていたら、何か手を打ってくるかもしれません」

「矢内さま」

島吉は顔色を変えた。

「甄右衛門を追い詰めたら、口封じに……。あっ、まさか、それが狙いですか」

「ええ。甄右衛門の出方をためそうと思います」

「危険では……」

「十分に用心します。このことは沢井さまにも内密に」

「わかりました。でも、十分にお気をつけを」

「ええ」

栄次郎はもっと別なことが気になっている。

それから半刻（一時間）後、栄次郎は日本橋本町三丁目にある紙問屋『和泉屋』の客間で、主人の甄右衛門と向き合っていた。

「お話を伺いましょうか」

甄右衛門は催促をした。

「じつは、おとせさんを殺して首を括ったとされていた多吉さんについて、新たなことがわかりました」

「もう済んだことを今さらほじくり返すのは迷惑です」

甃右衛門は厳しい顔で言う。

「しかし、多吉さんはおとせさんを殺してはおらず、したがって首吊りも何者かの偽装の疑いが濃くなりました」

「私には関係ないこと」

甃右衛門は突き放すように言う。

「そうでしょうか」

栄次郎は意味ありげに甃右衛門の顔を見つめた。

「おとせさんを殺したのが多吉さんではないとなると、和泉屋さんは微妙な立場に置かれます」

栄次郎はあえて挑発するように、

「というのも、おとせさんの間夫の梅次という男も殺されているからです。この事実は和泉屋さんに不利な状況を作り出しているのではないでしょうか」

「どういうことですか」

「自分の妾が昔からの間夫と密かに通じていたのです。その裏切りが許せず、ふたりを始末しようとした。だが、ふたりを同時に殺せば自分に疑いがかかりかねない。そこで、小間物屋の多吉さんを利用した……。そういう見方が出来るのではないでしょうか」

「ばかばかしい」

甑右衛門は一笑に付し、

「いくら私がおとせと梅次が憎くとも、関係のない赤の他人を犠牲にすることなんてあり得ない。そんな危険を冒すより、ふたりがいっしょのところを家に押し入り、強盗に見せかけて殺したほうが効率はいいはずです」

「仰るとおりです。私も、そこがわからないのです。私が口にした想像では、三人を別々に殺したことになります。それだけ、ひとに見られる危険が増します」

栄次郎は首を傾げた。

「私ではないということだ」

甑右衛門は突き放すように言う。

「和泉屋さんが、おとせさんと梅次の関係を知ったのはいつなんでしょうか」

「矢内さまは、私がふたりの関係を知っていたという前提で話をされていますが、私はふたりがつきあっていることは知りませんでした。最後まで、おとせを信じていました」

甑右衛門は平然と言う。

「三か月前、仲買人が和泉屋さんから仕入れに金五十両を預かって引き上げる途中、辻強盗に遭って金を盗まれるという事件があったそうですね」

「………」

「いかがですか。覚えていらっしゃいますか」

「覚えています」

「辻強盗はその仲買人が五十両を持っていることを知っていたようです。なぜ、知ったのでしょうか」

「さあ」

「五十両の件、和泉屋さんはおとせさんに話したのではありませんか」

「ばかな。なぜ、私がそんな話をしなければならないのだ」

甑右衛門は憤然と言う。

「たとえば、今度新しい産地の契約する。その手付けの金五十両を仲買人に渡さねばならないと、寝物語に」

「ばかな」

甃右衛門はうろたえたようになり、

「そんな話などせぬ。いい加減な想像はやめていただきましょう」

と、強い口調で言った。

「申し訳ありません。ただ、そういうことがあれば、おとせさんのことを疑いはじめるのではないかと思ったのです」

「私は最後までおとせを信じていました」

甃右衛門は厳しい顔で言う。

「じつは、私は和泉屋さんがふたりの裏切りを知っていたとしても、殺しまで行なうとは思っていません」

「…………」

「ちょっと話は変わりますが」

栄次郎は話題を変えた。

「和泉屋さんは美濃藩大野家の御用達だそうですね」

「…………」

甃右衛門の眉がぴくりと動いた。

「大野家とはかなり親しいのでしょうね」

「おとせさんは当然、『和泉屋』が大野家の御用達ということはご存じだったのでしょうね」

甋右衛門の声が強張った。

「それが何の関係が……」

「小間物屋の多吉さんは大野家の上屋敷に出入りをしていなかったのかと思いまして。おとせさんか多吉さんは大野家に絡む何かを……」

「何が仰りたいのですか」

甋右衛門が厳しい声で言う。

「矢内さま。これ以上、あなたさまの妄想につきあってはいられません。どうぞ、お引き取りください」

「おやめください」

甋右衛門は鋭い声を発した。

栄次郎は立ち上がった。

「わかりました。申し訳ありません」

甋右衛門は態度を硬化させた。

美濃藩大野家の名を出したとたんに甋右衛門の態度が変わったように思えた。

『和泉屋』をあとにした栄次郎は、やはり、多吉はたまたま大野家の秘密を知ってしまったのではないかと勝手に想像した。

五

黒船町のお秋の家で、三味線の稽古をした。

市村咲之丞の会まで日がない。しかし、演目はこれまでにも何度か弾いたことがある曲なので特別な稽古は必要がなかった。

「栄次郎さん。旦那がお見えになったわ」

お秋が呼びに来た。

「わかりました」

栄次郎は三味線を片づけ、階下に行った。

孫兵衛は浴衣に着替え、いつものように長火鉢の前に腰を下ろしていた。南町の筆頭与力の威厳は微塵もない。

「栄次郎どの、久しぶりだな」

孫兵衛はにこやかに言う。

多吉の件で、孫兵衛に相談する必要もなくなり、二度ほど、孫兵衛がやって来る前に栄次郎は引き上げていた。

「はい」

「聞いた。首吊りをした多吉という男の妹が調べ直してくれと訴えたのを、栄次郎どのが引き受け、結果を引っくり返したそうではないか」

「それほど大仰なことではありません」

栄次郎は謙遜し、

「それに、自殺ではなく殺されたとわかっただけで、誰の仕業かはまだわかっていないのです」

と、付け加えた。

「それは奉行所の役目だ」

孫兵衛は顔をしかめ、

「まだ見通しも立っていないのか」

と、きいた。

「はい。ただ、厄介なことになりそうな気がしています」

「厄介な？」

「はい」

「なんだ？」

「まだ、憶測だけですので」

「そうか。まあ、いい」

孫兵衛はにやけた顔で、

「酒だ」

と、お秋に声を上げた。

「栄次郎さんも？」

お秋がきく。

「いえ、私は今夜は早く帰らないとなりませんので」

栄次郎は遠慮した。

「崎田さま、何かわかりましたらご報告申し上げます」

「わかった」

「失礼します」

栄次郎はお秋の家を出た。

本郷の屋敷に帰ると、すでに兄は帰っていて、栄次郎を待っていた。

栄次郎は兄の部屋に行った。

「今日、組頭さまにきいたが、岩城さまからまだ何も言ってきていないらしい」

兄はまず口にした。

「そうですか」

栄次郎は首を傾げ、

「あの勢いでは、断りの返事がいっていると思いましたが」

「三味線弾きだということで考えが変わったのかもしれぬな」

兄は推測した。

「そうかもしれません。いずれにしろ、もう若菜さまとお会いすることはないと思いますが」

「踊の会に来るかもしれぬ」

「どうでしょうか」

栄次郎は首を横に振った。

仮に来たところで、どうすることもない。ただ、大御所の子であるという立場を利用して、若菜と会えるように強要したとする汚名を濯げるかもしれないという期待だけだ。

「ところで、美濃藩大野家のことだ」

兄は顔付きを変えた。

「組頭さまといっしょに御目付さまから説明を受けた。大目付さまは美濃藩大野家で藩主が倒れたことで隠密を派遣した。今、美濃藩大野家にて後継問題が起きているそうだ」

「後継ですか」

「今の藩主大野土佐守正純（とさのかみまさすみ）さまは二か月前に上屋敷にて突然倒れられた。一命をとりとめたが、半身不随で、言葉も明瞭に話すことが出来ないそうだ。そこで、世嗣（せいし）の政友（まさとも）さまが家督を継ぐことになるが、一部の家臣が猛反対している」

兄はそこで言葉を切り、間を置いて続けた。

「政友さまは二十三歳だが、かなりの癇癪（かんしゃく）持ちで、いったん気に食わないことがあれば、激しく怒りを爆発させ、家臣に殴る蹴るなどの暴行を働く。家臣の妻女にも拘わらず、気に入れば、我が物にしようとする。こんなことがあったそうだ」

兄は顔をしかめ、

「だいぶ前に、下男を無礼討ちにした。また、女中を手込めにしたことも。その女中が井戸に身を投げて死んだ。ようするに、藩主の器ではないということだ」

「今の話は事実なのでしょうか」

栄次郎は確かめた。

「わからぬ。ためにする噂かどうか……」

兄は言う。

「政友さまを拒んでいるのはどういう方々なんですか」

「江戸家老らしい。しかし、次席家老は政友さまを推しているのだ。藩主としての器に欠けるのであれば、周囲が助けていけばいいという考えだ。実子がありながら、他から養子をもらうというのは道理に適わないとも」

「他に男子はいないのですか」

「いない」

「養子はどこから？」

「江戸家老は旗本岩城主水介さまのところから養子をもらうと考えているようだ。岩城家には丈太郎（じょうたろう）と丈次郎（じょうじろう）のふたりの男児がいる。二十五歳と二十三歳だ。このふたりのうちのひとりを大野家に迎えたいと考えているようだ」

「確か、岩城主水介さまの奥方は大野家から嫁いできたと？」

「そうだ。奥方は土佐守さまの姉君だ」

「なるほど」

栄次郎は頷く。

「しかし、このことが反発を招いているようだ」

兄は目をかっと見開き、

「政友さまを推す次席家老らは、岩城主水介さまと奥方は自分の息子を大野家に入れたいために、江戸家老と結託し、政友さまを貶めようとしていると言っているそうだ。大野家には奥方の息のかかった者もたくさんいる、その者たちが政友さまの悪口を言いふらしているということだ」

と、話した。

「では、御目付さまが私を若菜さまに近付けたのは、そのことを調べるためですか」

栄次郎は腑に落ちた。

「そうらしい。若菜さまから岩城家の中の動きを探ろうとしたそうだ。最初から事情を話せば引き受けてもらえないと思ったからだという」

「そうでしたか。でも、私はお役に立てなかった」

栄次郎は複雑な思いで呟く。

「そなたが気にする必要はない。御目付さまが勝手に仕組んでうまくいかなかっただけのこと」

兄は言い、

「その後、大野家のほうでも大きな動きはないようだ。しばらく推移を見守るしかないということだ」

「そうですか」

栄次郎は和泉屋甋右衛門に思いを馳せた。

大野家の後継問題に甋右衛門がどう絡んでいるのか。甋右衛門に利害が及ぶのだろうか。及ぶとしたら……。

「兄上、大野家のことで、ひとつお訊ねしていただきたいことがあるのですが」

栄次郎は切り出した。

「何か」

「今、大野家に新たに入り込もうとしている紙問屋があるかどうか」

「紙問屋?」

「はい。現在は日本橋本町三丁目にある『和泉屋』が出入りをしています。『和泉屋』の競争相手がいるのかどうか」

「わかった。きいておこう」

「それから、小間物屋の多吉さんが大野家の上屋敷に出入りをしていたか知りたいのですが」

「勝手口のほうの話になるな」

兄は首をひねった。

「それは別の方法で調べたほうがいい」

「新八(しんぱち)さんにお願いしてもよろしいでしょうか」

栄次郎は確かめた。

「かまわぬ。あくまで、わしとは関係ないことでな」

「はい」

新八は兄の手先として働いている。御徒目付は旗本や御家人を監察するが、大名家は管轄外だ。

栄次郎は頭を下げてから自分の部屋に戻った。

やはり、大野家では大きな問題が起きていた。この後継問題に『和泉屋』も関わっているのではないか。

しかし、だからといって、おとせを殺し、多吉まで殺す必要があったのか。いや、あったのだ。

たとえば……。栄次郎は想像した。

多吉は美濃藩大野家の上屋敷に出入りをしていて、そこで何か秘密を知ってしまった。その秘密の中身はわからないが、後継問題に関することではないか。

つまり、狙いはあくまでも多吉であり、多吉が自害したと見せかけるためにおとせを利用した……。

栄次郎はそこまでで考えを中断した。この想像の前提は、多吉が大野家の上屋敷に出入りをしていることだ。まず、そのことを確かめてからだと、先走ったことを自戒した。

翌朝、栄次郎は本郷の屋敷を出て、湯島の切通しを下り、大名屋敷の間の道を通って明神下にある新八の長屋にやって来た。

新八は大名屋敷や大身(たいしん)の旗本屋敷、そして豪商の屋敷などに忍び込むひとり働きの盗人だった。忍び込んだ屋敷の武士に追われた新八を助けたことが縁で、栄次郎と親しくなった。

今は盗人をやめ、御徒目付である兄の手先として働いている。が、時には栄次郎に手を貸してくれている。

声をかけて、腰高障子を開ける。

ちょうど新八は飯を食い終わったばかりらしく、茶碗を片づけていた。

「あっ、栄次郎さん。すみません」

新八は声を上げ、そのまま台所に茶碗を運んだ。

「どうぞ」

新八は上がり框に座るように言う。

腰から刀を外し、栄次郎は腰を下ろした。

「新八さん、お願いが」

栄次郎は口にした。

「小間物屋の多吉という男が、紙問屋『和泉屋』の主人甂右衛門の妾を殺し、入谷にある寺の裏手で首を括ったのです。ところが、多吉さんの妹のおまちさんが……」

栄次郎はこれまでの事件の経緯を説明した。

「そういうわけで、多吉さんは殺された公算が大きくなりました」

「下手人はひとりじゃありませんね。事件の背景に大がかりなものを感じます。大野家の後継問題が絡んでいるのは間違いないようですね」

新八は感想を述べ、

「それにしても、世嗣の政友さまが癇癪持ちで、凶暴なお方だというのがほんとうだとしたら、藩主にしてはいけないように思いますね」

「ええ、それがほんとうならですね。反政友派が流した偽りかもしれませんが。その辺りのことを多吉さんは何かの折りに耳にしてしまったのではないかと」

「そうですね」

「ですから、多吉さんは大野家の上屋敷に出入りをしていたのではないかと思うのです。そのことを確かめたいのです」

「わかりました。お安い御用です」

「お願いします」

栄次郎は頭を下げてから、

「新八さん」

と、砕けた口調で、

「お稽古に来ないのですか」

と、きいた。

新八も杵屋吉右衛門師匠に長唄を習っていたのだ。盗人の疑いで、奉行所に目をつけられたことで稽古に来なくなった。

今は、御徒目付の手先であり、盗人稼業から足を洗っている。

「もう、堂々とお稽古に顔を出してもいいんじゃないですか。師匠もときたま新八さんの噂をしています」

「ええ、そのうち、そのうちと言いながらだらだらと今日まできてしまいました。気持ちに余裕が出来たら、必ず稽古に」

新八は妙に力んで言う。

「新八さん。ひょっとして」

栄次郎はふと気づくことがあった。

「好きな女子が？」

「…………」

「そうなんですね」

「いえ、まだどうなるかわからないんで」

新八ははにかんだ。

これまでにも何人か新八に好きな女がいた。一時は所帯を持つような口振りだったが、いつの間にか女の気配は消えていた。

おそらく、今の御徒目付の手先という不安定な仕事が所帯を持つことをためらわせているのではないかと思っている。

「新八さん。いかがですか。これを機会に、呑み屋を思い切ってはじめませんか。兄もそう言っています」

栄次郎は勧めた。

「へえ、ありがたいお話ですが、元手をもう少し貯めてからでないと」

「何を言っているんですか。兄に借りればいい。私だってお力になります」

「ありがとうございます」

新八はしんみりとし、

「あっしは何度も栄次郎さんに助けていただきました。栄次郎さんと出会わなかったら、とうに獄門台に首を晒していたでしょう」

「私のほうこそ、いつも助けてもらっています」

栄次郎は言い、

「今度こそ、お店を持ちましょう」

と、励ました。

「へえ」

新八は笑みを浮かべた。

「新八さん、そのうち、会わせていただけませんか」

栄次郎は口にする。

「へえ。あっしも栄次郎さんに引き合わせたいと思っていたんです」

「そうですか」

栄次郎もなんだかうれしくなった。

「それから、お店をはじめる準備もしましょう」

「栄次郎さん」

新八が急に真顔になって、

「まず、多吉さんのことを調べてからに」

と、口にした。

「そうでした」

栄次郎は浮かれた気持ちを引き締めた。

が、栄次郎は弾んだ気持ちで、新八の長屋をあとにし、元鳥越町にある杵屋吉右衛門の家に向かった。

市村咲之丞の会が迫っていた。

第三章　大名家の秘密

一

市村咲之丞の会の前日、栄次郎は師匠の家で稽古をした。

演目の『京鹿子娘道成寺』は歌舞伎舞踊の大曲であるが、咲之丞の十八番であり、栄次郎も何度か弾いている。その限りにおいては、余裕があった。

だが、最後に師匠が言った。

「お手のものという気の緩みが音に跳ね返ってきます。常に、新しく挑戦する気持ちで。三味の音は心根で変わります」

「はい。肝に銘じて」

栄次郎ははっとして答えた。

それから黒船町のお秋の家に移動して、三味線を弾いた。

手慣れてはいけないのだ。常に新鮮な気持ちで三味線と向き合わなければならない。自分では毎回同じように弾いているつもりでも、師匠の耳は音の微妙な狂いを聞き逃さないのだ。

栄次郎は真剣での立ち合いに臨むような気持ちで、撥を振り下ろした。

夕方になり、部屋の中が薄暗くなってきたとき、お秋がやって来た。

「新八さんがお見えです」

お秋の後ろに新八が控えていた。

「どうぞ」

栄次郎は新八を部屋に招じた。

お秋も部屋に入り、行灯に灯を入れて下がった。

栄次郎は三味線を脇に置いた。

「すみません。お稽古を邪魔して」

新八は謝った。

「もう終えようとしていたところです」

栄次郎は気を遣わせないように言った。

「栄次郎さん。多吉さんのことを調べましたが、大野家の上屋敷には出入りをしていませんでした」

新八がいきなり口にした。

「えっ？」

栄次郎は耳を疑った。

「上屋敷に出入りをしている商人に近付いて確かめましたが、出入りをしている小間物屋は大伝馬町（おおてんまちょう）にある小間物問屋の『蓬萊屋（ほうらいや）』の者だけだそうです。上屋敷の女中にも訊ねましたが、多吉という小間物屋を知りませんでした。さらに、多吉が仕入れている小間物屋の番頭も、多吉が大野家の上屋敷に出入りをしていると聞いたことはないと。さらに、同業の者もそれはないと言ってました」

「…………」

新八の調べに手落ちがあるとは思えない。

多吉は大野家の上屋敷に出入りをしていない。したがって、後継問題に関する秘密を知ることはあり得なかった。

「そうですか」

栄次郎は思わずため息をついた。

やはり、下手人の狙いは多吉ではなく、おとせだったか。多吉は偽装のために利用されただけなのだ。

「栄次郎さん。じつは昨夜、大野家の上屋敷に忍び込んでみました」

新八が声をひそめて言った。

「何かがあるのかと思いまして」

「だいじょうぶでしたか」

栄次郎は驚いてきいた。

「はい。まだ、なまっていません」

新八は真顔で言い、

「屋敷内はいたって平穏でした」

と、中の様子を語った。

「後継問題でぎくしゃくしている雰囲気はありませんでした」

「そうですか」

「それより、たまたま藩主の土佐守さまの見舞いに中屋敷から世嗣の政友さまがいらっしゃっていたのです」

「政友さまが？」

「ええ。廊下を歩いている姿を見かけました。癇癪持ちで、気に食わないことがあれば、家臣に殴る蹴るなどの暴行を働く。家臣の妻女にも手を出すという噂だそうですね」

「ええ」

「でも、私が見た限りではそのようなお方には思えませんでした。穏やかで気品のある顔だちでした」

新八は否定し、

「そういう性分なら顔にも出ると思うのですが」

「政友さまに間違いなかったのですか」

栄次郎は念を押す。

「ええ。お付きの者が政友さまと呼んでいましたから」

「そうですか」

栄次郎は首を傾げた。

「もっとも、普段はおとなしくても、いったん何かあると急変してしまう気性なのかもしれませんが」

新八は自信なさげに言う。

「新八さん。その辺りのことを調べていただけませんか。表と裏の顔があるのか。私が兄から聞いた限りでは、激しい気性が顔に表れていると感じました」

「わかりました。政友さまは普段は築地の中屋敷にお住まいでしょうから、今度は中屋敷にも忍んでみます」

「決して無理をなさらずに」

「だいじょうぶです」

新八の顔は自信に満ちていた。

「じゃあ」

新八は立ち上がりかけ、

「そういえば、踊の会があるのでしたね。いつですか」

「明日です」

「明日ですか」

新八は呟き、

「観に行けませんが、成功をお祈りしています」

と、言った。

「ありがとうございます」

栄次郎は階下まで新八を見送った。

新八が引き上げたのと入れ代わるように、岡っ引きの島吉がやって来た。

少し疲れたような顔で、島吉は目の前に腰を下ろした。

「どうもうまくいきません」

島吉はため息をついた。

「多吉に悪い噂はありません。ひとから恨まれるような男ではありません」

「そうでしょうね」

栄次郎は頷く。

「それから、多吉が悩んでいたらしいことは間違いないようです。小間物の行商仲間や多吉が得意先にしていた商家の女中たちにきくと、やはり屈託が顔に出ていたと言ってました」

島吉は言う。

「みなが感じていたのですから、かなりの悩みだったようですね」

「ええ、それが何かですが……」

島吉が首を傾げる。

栄次郎は美濃藩大野家に後継問題があり、その争いに巻き込まれたのではないかと想像したが、多吉は大野家の上屋敷とは縁がないことがわかった。そう島吉に告げ、

「私の考えは外れて引っ込めざるを得ませんでした」

と、ため息をついた。

「大野家ですかえ」

ふと島吉が目を剝いた。

「何か」

栄次郎はきいた。

「へえ、聞き込みをしていて、あることを耳にしました」

「なんですか」

栄次郎は気になった。

「だいぶ日が経っているので、日にちがはっきりしないのですが、夜の遅い時刻に長持を運ぶ一行を入谷付近で見たという者がいたんです」

「長持？」

「ええ、ふたりが担ぎ、脇に三人ほどついていたようです。さして気に留めていなかったのですが、今美濃藩大野家と聞いて、もしやと」

島吉は興奮した声で言う。

「長持の中に多吉さんが閉じ込められていたかもしれませんね」

栄次郎は口にした。

首吊りの現場まで、数人の男に連れて来られたと考えていたが、長持の中に猿ぐつわをかまされ、縛られた状態で運ばれたという可能性も出てきた。しかも、それが長持だとしたら、どこかの屋敷から運ばれて来たと……。

美濃藩大野家の上屋敷からかもしれないと思ったが、多吉は上屋敷には出入りをしていないのだ。

「長持が目撃された日にちははっきりしていないのですね」

栄次郎は確かめる。

「ええ。首吊りの夜とは別の日かもしれません」

「多吉さんの件とは関係あるかどうかわかりませんが、念のため、その長持がどこから運ばれて来たか調べていただけませんか」

栄次郎は頼んだ。

「木戸番や夜鷹そばなどに聞き込んで、手繰(たぐ)ってみます」

島吉は勇んで引き上げて行った。

その夜、兄の帰宅は四つ（午後十時）近かったが、栄次郎は兄の部屋に行った。

「兄上、夜分にすみません。よろしいでしょうか」

「構わぬ」

「失礼します」

栄次郎は襖を開けて、部屋に入った。

向かい合って、栄次郎は切り出した。

「多吉さんのこと、新八さんが調べてくれました。大野家の上屋敷に出入りはしていなかったそうです」

「そうか。すると、そなたの考えが成り立たなくなるな」

兄は顔をしかめて言う。

「ところが、岡っ引きの島吉親分がこんなことを聞き込んできました」

栄次郎は長持の話をした。

「想像でしかありませんが、その長持の中に多吉さんが押し込められて、首吊りの現場まで運ばれたという考えも」

「大野家の上屋敷で殺され、長持で運ばれたと考えたか」

兄がきいた。

「ええ」

「しかし、多吉は上屋敷には出入りをしていなかったのではないか」

「小間物屋としてではなく、別の理由で行ったとか」

栄次郎はあえて強引に解釈した。

「多吉にそんな理由があるか」

「和泉屋甃右衛門といっしょなら」

栄次郎は飛躍し過ぎていると思いながら口にした。

「しかし、証(あかし)がない」

兄は首を横に振った。

「その長持がどこから運ばれたか、島吉親分が調べてくれます」

「うむ」

兄は頷いた。

「それより、ちょっと妙なことが」

栄次郎は口にする。

「妙なこと？」

「はい。新八さんは上屋敷に忍んだ際に、世嗣の政友さまを見かけたそうです。が、新八さんの印象では、そんな凶暴な感じはなかったと」

「……………」

兄は怪訝そうな顔をした。

「見かけではわからないのかもしれませんが」

「そうだな」

兄は困惑ぎみに言い、

「感情の起伏が激しいのかもしれないな」

と、呟いた。

「そうそう」

兄は思いついて、

「大野家には新たに入り込もうとしている商家がたくさんいるようだ。世嗣の政友さまに取り入ろうとしているそうだ。その中に、紙問屋もあるだろうということだ」

「代替わりの際に、食い込もうとするのですね」

政友が藩主を継いでも、『和泉屋』が御用達から外されることはないだろうが、別の紙問屋が参入するかもしれない。

そのぶん売り上げも減ることになり、やはり『和泉屋』単独のほうが望ましいはずだ。

つまり、和泉屋甑右衛門にとっては次期藩主は政友ではないほうがいいのではないか。しかし、このことも勝手な想像だけだ。実際のところはわからない。

「ところで、兄上。新八さんのことですが」

栄次郎は話題を変えた。

「新八さんには好きな女子がいるようです。どうやら、今度は真剣に所帯を持つことを考えているようです」

「そうか。それはよかった」

兄は目を細めた。

兄も新八のことを気にしていたのだ。御徒目付である兄の手先にしたのは盗人の疑いで奉行所に目をつけられた新八を助けるためだったのだ。

このまま手先をしていても、先に明るい見通しはない。

「この際、新八さんにお店を持ってもらったらどうでしょうか。新八さんも呑み屋さんをやりたいようです」

「新八がその気なら、わしに依存はない。いくらでも力になる」

「ありがとうございます」

栄次郎は礼を言い、自分の部屋に戻った。

二

翌日は朝から晴れ渡っていた。

日本橋葺屋町の市村座は満員の盛況だった。

幕が開き、舞台の背後に地方がずらりと並ぶ。立唄は杵屋吉右衛門、立三味線は杵屋吉栄こと栄次郎。そして、脇三味線に笛と太鼓。

舞台に大勢の所化が登場し、一列に並んだ。

そして、やがて花道から白拍子の市村咲之丞が登場し、鐘供養の参加を望み、踊ることを条件に許される。

やがて、立唄の吉右衛門が謡がかりで唄う。

花の外には松ばかり　花の外には松ばかり　暮れ初めて鐘や響くらん

鳴り物が入る。三味線はまだだ。

栄次郎は客席に目をやり、桟敷も見た。しかし、若菜の姿はなかった。

いよいよ、三味線の出番で、栄次郎はいよっと声をかけ、撥で糸を弾いた。

鐘に恨みは数々ござる　初夜の鐘をつくときは　諸行無常と響くなり

後夜の鐘をつくときは

吉右衛門の声がよく通る。

恋の分里武士も道具を伏編笠で

張と意気地の吉原……

引き抜きで赤から浅葱(あさぎ)色の衣装に変わり、唄も『毬唄(まりうた)』に変わり、咲之丞は両手で交互に毬をつく仕種で舞う。

江戸の吉原から京の島原(しまばら)、撞木町(しゅもくまち)、難波四筋(なにわよすじ)、最後は長門(ながと)の下関(しものせき)、長崎(ながさき)の丸山(まるやま)と名の知れた色里を唄い継ぐ吉右衛門の声は観客を魅了している。

鐘に上がり、蛇の本性を現して、やがて幕となった。

栄次郎が楽屋に戻ると、咲之丞の家の番頭がやって来て、

「吉栄さん。外にお客さまが」

と、耳打ちした。

栄次郎が暖簾（のれん）をかき分けて廊下に出ると、旗本岩城家の女中のお園が待っていた。

「あなたはお園さん」

栄次郎は思わず声を出した。

「いらっしゃっていたのですか」

「はい。若菜さまもいっしょです」

「気がつきませんでした」

「お茶屋さんで、若菜さまがお待ちです。いらっしゃっていただけますね」

来るのが当たり前だという態度に反発を覚えたが、御目付の真意を察して、

「わかりました。着替えが済んだらお伺いいたします。なんという茶屋ですか」

「ここでお待ちしています」

お園は澄まして言う。

栄次郎は逆らわず楽屋の中に戻った。

栄次郎は黒紋付きの衣装を着替え、三味線と衣装の入った風呂敷包みを持ち、師匠の吉右衛門に挨拶をし、次に市村咲之丞の楽屋に顔を出してから、お園のもとに行った。

「お待たせしました」

栄次郎は声をかける。

小屋を出て茶屋に向かいながら、

「若菜さまやお園さんには気づきませんでした。どの辺りにいらっしゃったのですか」

と、きいた。

「わざとひとの陰に隠れていましたので」

「そうですか。で、茶屋には、あのご用人どのもいっしょですか」

「いえ、若菜さまの他には女中が私を入れて三人」

お園は言う。

茶屋に入り、二階の座敷に行く。

若菜とふたりの女中が酒を呑んでいた。

「矢内さま。ご苦労さまでした」

若菜が鷹揚に言い、

「見違えました」

と、笑った。

「恐れ入ります」

「まさか、矢内さまが三味線弾きだなんて」

「まだまだ精進せねばと思っています」

だから、女に現(うつつ)を抜かすことはあり得ないと、遠回しに言った。若菜に通じたかどうかわからない。

「さあ、一献」

若菜が言うと、お園が杯(さかずき)を寄越し、酒を注(つ)いだ。

「いただきます」

栄次郎は一気に呷(あお)った。

「もうひとつ」

お園が酒を注ぐ。

「市村咲之丞さん、とてもきれいでした」

若菜が口元を綻ばせた。

「京鹿子娘道成寺は安珍、清姫の後日談なのです。安珍、清姫のお話はご存じですか」

栄次郎は若菜にきいた。

「恋に狂った清姫が蛇になって安珍を焼き殺してしまうという話ね」

若菜が答える。

「そうです。安珍という美形の若い僧に恋をした清姫が、自分から逃げた安珍を執拗に追いかけた。安珍は道成寺に逃げ込んだ安珍は道成寺の僧たちの手助けで、鐘の中に隠れた。しかし、清姫は大蛇となって鐘にまとわりつき、安珍を鐘ごと焼き殺してしまうというものです」

栄次郎は続ける。

「京鹿子娘道成寺は、鐘供養に訪れた美しい白拍子がじつは清姫の化身だったという話なのですが、踊はただ女の恋心を表現しているだけです。長唄の文句も清姫の鐘供養とは関係ない諸国の悪所のことだったり……」

栄次郎は途中で話を止めた。若菜は聞いていないようだった。

「踊や長唄のことになると目を輝かせて話をするのですね」

　若菜は言う。

「すみません。つい夢中になって」

　栄次郎は謝る。

「そんなに長唄は矢内さまを虜にしているのですか」

「そうです」

　はっきり答えて、栄次郎はきいた。

「失礼ですが、若菜さまは四人でお出でになったのですか。それとも、供侍がどこかでお待ちで」

　女乗物に乗って来たのだろうから、供侍がいっしょだろうと思いながらきいた。

「外で待っています」

「やはり、若菜さまを外出させるのは心配なのでしょうね。巷にはどんな輩がいるかわかりませんからね」

「矢内さまはどうして三味線を？」

「立唄の杵屋吉右衛門が私の師匠です。たまたま、料理屋で吉右衛門師匠を見かけ、あのような男になりたいと思いまして」

「まあ、背筋がしゃんとし、佇(たたず)まいも気品がある、そういう男です」

誤解されて受け止められると困るので、栄次郎は色気のある男という言い方を避けた。

「矢内さまは、これからも武士でありながら、三味線弾きとしてやっていくおつもりなのですか」

若菜がきく。

「武士を捨てて、三味線弾きとして生きていきたいと思っています」

栄次郎は口にする。

「武士のままじゃだめなのですか」

お園が横合いから口を入れた。

「私は部屋住(へやずみ)です。どこぞに養子に行くしか道はありませんが、養子先で三味線を弾かせてくれるとは考えられません。部屋住のまま三味線を弾いていけるはずはなく、やはり武士を捨てるしかありません」

栄次郎は本音を語ったあと、

「若菜さまには兄上さまがおふたりいらっしゃるとお聞きしました」

「あのような男というのは？」

と、切り出した。

「ええ」

「ご次男のほうは私と同じ部屋住ですね。でも、当然ながら武士として生きていく覚悟がおありでしょうから養子に行かれるのでしょう。私の場合は武士に執着がないのです」

栄次郎は巧みに兄弟のことに触れ、

「大身の旗本の子息なら、いい養子口はたくさんあるのでしょうね。そういえば、岩城家は大名の美濃藩大野家とは姻戚関係にあるとか」

と、探りを入れた。

「よくご存じですね」

若菜がきいた。

「いちおう調べましたので」

「なぜ？」

若菜がいきなりきいた。

「何がでしょうか」

「矢内さま」

お園が口を入れた。

「あなたさまは養子に行く気がまったくなかったわけですよね。それなのに、どうして若菜さまにお会いしようとしたのですか」

お園が若菜を代弁するようにきいた。

「それは……」

「もし、万が一、若菜さまが矢内さまを気に入ったらどうするつもりだったのですか。かなり失礼な振る舞いではありませんか」

御目付の差し金だとは言えず、栄次郎は困惑しながら、

「気に入ってもらえるとは思っていませんでしたから」

と、口にした。

「ずいぶん自分勝手ですね」

お園が憤慨し、

「ようするに、ひと目若菜さまのお顔を拝みたかったということですね」

と、貶(さげす)むように言う。

「なんと言われようが返す言葉はありません」

栄次郎は甘んじて非難を受けた。

「お園。もうよい」

若菜が声をかけた。

「はい」

「若菜さま。お訊ねしてもよろしいでしょうか」

栄次郎は若菜を見つめる。

「なんですか」

若菜は毅然とした態度で応じる。

「今日はなぜ踊の会に来てくださったのですか。暁雲寺でお会いしたときはもう二度と会うことはないと思いましたが」

「そなたが誘ったのではありませんか」

「どうして、私の誘いに乗ったのでしょうか」

「正直に言いましょう。矢内さまが三味線弾きと知って興味を持ったのです。どの程度の腕前なのか見てみたかったのです」

若菜はそう言ったあとで、

「それより、矢内さまはどうして私を踊の会に誘ったのですか」

と、逆にきいた。

「私のほんとうの姿を見ていただきたかったのかもしれません」

「なぜですか」

若菜はきいた。

「たとえ、どんなきっかけだろうが、縁あってお目にかかったお方に自分のことを知ってもらいたいと思ったのです」

「…………」

「それより、なぜ、私をここに招いたのですか。仮に観に来てくださっても、お会いすることはないと思っていました」

栄次郎ははっきり言う。

「三味線弾きの矢内さまとお話をしてみたかったからです」

若菜は真顔で言い、

「前回、お会いしたのは、あわよくば私の婿になろうとする部屋住の侍と思っていました。でも、三味線弾きと知って興味が湧いたのです」

「中身はいっしょですが」

「いえ、印象はまったく違います」

「…………」

そのとき、襖の外で声がした。

お園が出て行く。

廊下に侍がいた。供侍だろう。

「わかりました」

お園が戻って来て、

「そろそろお屋敷に戻る刻限だそうです」

と、若菜に告げた。

「では、私はこれで」

栄次郎は声をかけた。

「ご苦労さまでした」

若菜はつんとして言った。

「失礼します」

栄次郎は部屋を出た。

お園が見送りについて来た。

外に出たとき、お園が、

「矢内さま」

と、立ち止まって顔を向けた。

「今後、矢内さまに連絡をとりたいときはどちらに行けばいいのでしょうか」

「もうお会いすることもないのでは?」

栄次郎はきく。

「いえ、きっと若菜さまは矢内さまにお会いしたいと仰ると思います」

「どうしてわかるのですか」

「私はいつもいっしょですから、若菜さまの気持ちは手にとるようにわかるのです」

お園はすまして言う。

「浅草黒船町にお秋というひとの家があります。南町奉行所の筆頭与力崎田孫兵衛さまの妹御です。近くできけば、場所を教えてくれるでしょう。私は二階の部屋を三味線の稽古用に借りているんです」

「浅草黒船町のお秋さんですね。わかりました」

お園は答えた。

「若菜さまには好きなお方がいらっしゃるのではありませんか」

栄次郎は確かめる。

「どうして、そうお思いですか」

「暁雲寺でお会いしたとき、若菜さまは義理で来たと言ってました。てっきり、好きなお方がいるのかと。でもまだ、正式には縁組が決まっていない。決まっていれば、当然会うことを断ることが出来たでしょう」

「想像にお任せいたします」

お園は答えなかった。

栄次郎は迷ったが、思い切ってきいた。

「岩城家は美濃藩大野家とは姻戚関係にあるのですね。若菜さまの次兄の養子先はどこかに決まっているのでしょうか」

「なぜ、そんなことをお訊ねになるのですか」

お園は眉根を寄せた。

「私と同じ部屋住の身ですからね。どういうところに養子に行くのか気になっただけです」

栄次郎は言い繕う。

「まだ、決まっていないようです」

「そうですか」

「それに……。いえ、なんでも」

お園はあわてて言う。

「なんですか。言いかけたのですから、話してくれても」

栄次郎はあえてにこやかにきいた。

「ご次男さまが養子に行くかどうかはまだ決まっていないようです」

「どういうことですか。ご長男が養子に行く場合もあり得るということですか」

栄次郎はしいて気のないようなきき方をした。

「ええ」

「なるほど。岩城家をどちらに継がせるか、適性を見て考えるということですか」

栄次郎はそう言ったが、内心では別のことを考えていた。

美濃藩大野家に養子に行けば、たちまち十万石の大名だ。三千石の旗本岩城家の当主か十万石の大名か。

ひょっとして兄弟でもめているのではないか。

「弟の養子先が岩城家より大きいと、兄としては複雑でしょうね」

「…………」

お園が険しい顔を向けていた。

やはり、美濃藩大野家への養子の話があるのだ。現藩主の世嗣である政友に何か危機が迫っているのか。

「矢内さま。では、ここで失礼します」

お園の声にあわてて、

「もしご縁があったら」

と言い、栄次郎は三味線と風呂敷包みを抱えてお秋の家に引き上げた。

三

ふつか後、お秋の家に、新八がやって来た。

二階の部屋で、向かい合った。

「中屋敷に忍んできました。政友さまは床に臥せっているようです」

「床に？　体を壊しているというのですか」

「ええ、昼間から寝込んでいます」

「まさか」

栄次郎は胸が騒いだ。

「岩城家では子息のうちのどちらが養子に行くかでもめているようです」

「もめている?」

「ええ、ふつうなら長男が岩城家を継ぎ、次男が養子に出るのでしょうが、養子先が十万石の大名となれば……」

栄次郎は目を細めた。

「長男が不満を漏らしたのでしょうか」

「そうだと思います。弟が十万石の大名になることに堪えられなかったのかもしれません。いずれにしろ、大野家のどちらかが養子に行くことになっているのでは……」

「政友さまがいらっしゃるのに」

「毒を盛られているのでは?」

日々、少しずつヒ素か何かを飲まされているのではないか。証はなく、これも栄次郎の想像でしかない。

「医者に確かめてみましょうか」

新八はきいた。

「医者が信用出来るかどうか。ぐるかもしれませんし」

そう言ったあとで、栄次郎は思い出したことがあった。

『和泉屋』を訪ね、甃右衛門と客間で話しているとき、「門倉さまがお見えになりま

「……した」と番頭が伝えに来た。

大名家の家臣ということだった。大野家家中の者に違いない。

「大野家家中に門倉という家臣がいると思います。この門倉という家臣のことを調べていただけますか」

「わかりました」

「新八さん、決して無理はしないように」

「用心しています」

「例の話、兄上もその気です」

栄次郎は思いついて口にした。

「例の話？」

新八はきょとんとした。

「新八さんがお店を持つ話です」

「ああ、そのことですか。そんなに急がなくても」

「いえ。相手の方にも安心してもらいたいですから」

「すみません、お気遣いをしていただいて。でも、あっしらは数年を目処に店を持とうと話しているので」

「いえ、こういうことは早いほうがいい。そうだ、近々、新八さんの相手の方に引き合わせてくださいな」

「わかりました。今、携わっていることが済んだら、ぜひ」

新八は照れたように頭をかいた。

夕方になって崎田孫兵衛がやって来た。

酒の相手をし、五つ（午後八時）過ぎにお秋の家を出た。

ずっとつけられていた。お秋の家からだ。浪人のようだ。

御徒町(おかちまち)を通り、池之端仲町から湯島の切通しに差しかかった。この間、暗い道を通ったが、尾行者はただつけて来るだけだ。

湯島天満宮の脇の坂を上がって行くと、人けのない暗がりになる。ふと、殺気を感じ、栄次郎は歩を緩めた。

前方の柳の木の陰から人影が現れた。長身の侍と小肥りの侍だ。ふたりとも黒い布で顔を覆っている。

栄次郎は立ち止まった。背後に、尾行者も迫って来た。

「何者だ？」

栄次郎は誰何する。

賊はいっせいに刀を抜いた。

「矢内栄次郎と知ってのことだな」

いきなり、小肥りの侍が斬り込んで来た。栄次郎は腰を落とし、素早く抜刀した。

栄次郎は相手の胴を浅く斬り、刀を頭上でまわして鞘に納めた。

相手は呻いて膝をついた。

「心配ない。手加減した。浅手だ。だが、早く手当てをしたほうがいい」

栄次郎は言う。

「おのれ」

背後から尾行して来た侍が斬り込んで来た。いつの間にか、黒い布で顔を覆っていた。

栄次郎は身を翻して剣先を避け、正面に向き合って居合抜きをした。相手の腕を切っ先が掠めた。

「これも手加減した。本来であれば、腕は飛んでいた」

栄次郎は刀を鞘に納め、他の者に戦意を失わせるように言った。

「誰に頼まれたのか」

栄次郎は膝をついているふたりから、長身の侍に顔を向けた。

長身の侍は後退(あとずさ)った。

「動くな」

栄次郎は制した。

「動けば斬る」

栄次郎は居合抜きの体勢をとった。

長身の侍は身動(みじろ)ぎ出来ず、恐怖に引きつった顔をしていた。

「誰に頼まれた?」

栄次郎はもう一度きいた。

「………」

「言わねば、利き腕を斬り落とす」

栄次郎は居合腰になった。

「待て」

長身の侍が叫んだ。

「口入れ屋だ」

「口入れ屋?」

「そうだ、用心棒の仕事だというので指定された場所に行ってみた。そこに、人が集まっていた。現れたのは商人ふうの男だ。仕事は用心棒ではなく、殺しだと言われた」

脳裏には和泉屋甑右衛門の顔が浮かんだが、甑右衛門がそこまで追い詰められているとは思えない。

「殺しと聞いて、素直に受け入れたのか」

栄次郎は問い質す。

「金だ」

「いくらだ？」

「相手を斬った者に五十両と言われた」

「誰を殺せと？」

「矢内栄次郎だ」

長身の侍が口にした。

「黒船町の家からつけて来たな」

「それも指示を受けた」

嘘をついているようには思えなかった。

「で、どこの口入れ屋だ?」

「神田花房町にある『春田屋』だ」

「『春田屋』だな。わかった」

栄次郎は強い口調で、

「二度とばかな真似はするな」

と釘をさし、その場から離れかけた。

その刹那、背後から裂帛の気合で、長身の侍が斬りかかってきた。

そのときにはすでに栄次郎は振り向きざまに抜刀していた。長身の男は悲鳴を上げて前のめりに倒れた。

「峰打ちだ」

かなたから提灯の明かりが揺れて近付いて来た。

羽織姿で、着物の裾を尻端折りした岡っ引きが手下を連れてやって来た。

「これは矢内さまでは?」

岡っ引きは声をかけてきた。

「辰造親分」

この界隈を縄張りにしている岡っ引きだ。以前に何かのときに会ったことがあった。

「斬り合いをしていると知らせが入り、飛んで来ました。もっとひとがいたとききましたが」

辰造は辺りを見回した。

長身の侍だけがまだうずくまっていて、他のふたりは逃げたようだった。

「三人の浪人に待ち伏せされました。神田花房町にある口入れ屋の『春田屋』で用心棒の名目で集められたようです」

栄次郎は事情を説明した。

「わかりました。浪人たちを雇った者を調べてみます」

「この者、痛い思いをしただけです。悔い改めるようだったら、大目に見てやってください」

「わかりました」

辰造は笑みを浮かべた。

「お願いします」

あとを辰造に任せ、栄次郎は引き上げた。

和泉屋甑右衛門が浪人を雇ったかとも考えたが、甑右衛門には岡っ引きの島吉や権蔵も目をつけている。栄次郎を斃（たお）しても、甑右衛門が疑いから解放されるわけではない。

他に誰がいるか。栄次郎は自分を襲った黒幕のことを考えながら本郷の屋敷に帰った。

屋敷に入ると、すでに帰宅していた兄が栄次郎を呼んだ。

栄次郎は着替えを済ませて、兄の部屋に行った。

「栄次郎、岩城家のほうから若年寄さまに返事がきたそうだ。しばらく栄次郎とおつきあいをしたいと」

兄が口にした。

「妙ですね」

栄次郎は首を傾げた。

「何がだ？」

「最初の態度と違っています」

「栄次郎のよさに気づいたのだろう」

「いえ、そんなんじゃないと思います」

三味線弾きとして生きるという話もし、若菜とはまったく生き方が違うことがわかったはずだ。それに、若菜には好きな男がいるようだ。

それなのに、なぜ……。

「ひょっとして、岩城さまは、我らの狙いに気づいたのではないでしょうか」

栄次郎は続ける。

「当然、先方は私のことを調べたでしょう。そして、兄が御徒目付であることも知っている。私が最初から間者として近付いて来たことを見抜き、それで今度は逆に私のほうを監視しようとして……」

「そういう考えも出来るか」

兄は唸った。

「流れに身を任せてみます。もし、そうなら、向こうから何か言ってくるはずです」

栄次郎はお園にお秋の家を教えたことを思い出して言う。

「それから、岩城家にはふたりのご子息のうち、どちらが岩城家を継ぐか、決まっていないようです」

「どういうことだ？」

「美濃藩大野家への養子の話があるからではないでしょうか。片や三千石の旗本、もう一方は十万石の大名です。そのことで、兄弟間でもめているのではないかと想像したのですが」

「しかし、大野家には世嗣の政友さまがいらっしゃる。いくら、評判の悪いお方であろうが、ご健在だからな」

「兄上。政友さまは昨日から病で臥せっているというのです」

栄次郎は口にする。

「病とな」

「はい。政友さまの様子を窺うために、新八さんが大野家の中屋敷に忍び込んだところ、自分の部屋で臥せっているということでした」

「まだ、若いのだ。風邪でも引いたのか」

「兄上、岩城家のご子息がもめているのは、やはり美濃藩大野家が養子先だと信じているからではないでしょうか」

「まさか、政友さまの病は?」

兄は不審そうな顔をした。

「はい。少しずつ毒を盛られてきたのではないかと、悪い想像が働いて……」

「それだったら重大事ではないか」

「私の想像が間違っていたらいいのですが、これまでの諸々のことを思い返してみて、政友さまを廃嫡しようという動きがあったとしてもおかしくはありません」

「…………」

「御目付さまが探ろうとしていたことは、まさにこのことでは？」

「政友さまを亡きものにしようとする連中は岩城家とつるんでいるのか」

「はい。大野家から嫁いできた奥方の意を酌む者が蠢（うごめ）いているのではないでしょうか」

「しかし、証はない。証を摑むことだ」

「わかりました」

栄次郎は言ったあと、

「それから、今夜、湯島の切通しで、浪人に襲われました。私を斬るように頼まれたようです」

そのときのことを話した。

「大事なかったか」

兄は心配してきいた。

「はい。この時期に私を亡きものにしようとするのは、今私が調べていることに関係しているとみていいでしょう」

「うむ」

「兄上、御目付さまへの報告はまだ待っていただけますか。まだ、想像の域を超えていませんので」

栄次郎は念を押す。

「わかった。だが、政友さまが毒を盛られているとしたら一刻の猶予もならぬ」

「わかりました」

栄次郎は焦りを覚えながら力強く答えた。

翌朝の四つ(午前十時)、栄次郎は日本橋本町三丁目にある紙問屋『和泉屋』の主人甑右衛門と客間で会った。

「何度も押しかけて申し訳ありません」

栄次郎は詫びた。

「もう、お話しすることはないと申し上げたはずです。私は忙しい身なのです。用件を伺いましょうか」

甑右衛門は不快そうに催促する。

「美濃藩大野家に出入りをしていますが、甑右衛門どのは世嗣の政友さまとは親しい間柄でしょうか」

「いや、ほとんどお会いしたことはありませんね」

「もし、政友さまが藩主を継がれたら、『和泉屋』は何か影響はおありでしょうか」

「ありません」

甑右衛門はきっぱりと言い、

「なぜ、そのようなことをお訊ねに？」

と、鋭い目を向けた。

「政友さまには次期藩主を見越して、かなりの商人が近付いているとの噂。もし、政友さまが藩主になられたら、そういう商人が優遇されるのではないかと思いまして」

「そんなご心配をいただかなくて結構です」

甑右衛門はぴしゃりと言う。

「そうですか。美濃藩大野家では藩主が病気で倒れられて、後継のことでもめていると聞きましたが」

「誰が藩主になろうが、『和泉屋』には関係ないこと」

「旗本岩城家のお屋敷には出入りをなさっているのですか」

「商売上のことはあまりお話し出来ません」

甑右衛門は撥ねつけた。

「そうですか」

「もうよろしいでしょうか」

甑右衛門は腰を浮かそうとした。

「島吉親分からお聞きかもしれませんが、多吉さんには好きな女子がおりました。ですから、おとせさんに懸想をしていたとは考えられません」

「どうでしょうか。好きな女子がいても、色事は別では。おとせは男の気を惹くのがうまかったですからね」

甑右衛門は座り直した。

栄次郎はきく。

「やはり、多吉さんはおとせさんに懸想をしていたと？」

「そう思います。好きな女子がいたならなおさらです」

「どういうことでしょうか」

「おとせは、多吉に好きな女子がいたと知り、嫉妬からその女子に自分たちの関係を告げてやると威(おど)したのかもしれません。そんなことをされたくないので、多吉はおとせを殺してしまった。だが、怖くなって、自ら死を……」

甑右衛門はもっともらしく言う。

「梅次はなぜ殺されたのでしょうか」

栄次郎は甑右衛門の顔色を窺う。

「梅次という男はならず者です。方々から恨みを買っていたのではありませんか」

甑右衛門は平然と言い、

「いずれにしろ、おとせと梅次はまったく別々に殺されているのです。下手人が違うからでしょう。もし、私がふたりを殺すなら、ふたりがいっしょのときを狙いますよ。その場合、多吉はどうなったでしょうね」

と、冷笑を浮かべた。

「多吉さんには殺される理由が見つからないのです。いや、見つけられないといったほうが正確かもしれません」

栄次郎は疑問を口にする。

「和泉屋さんは多吉さんといっしょに美濃藩大野家の上屋敷に行ったことはありますか」

「私は多吉なる男を知りません。もう、よろしいですか」

「わかりました。何度も押しかけて申し訳ありません」

栄次郎は頭を下げた。

甅右衛門は腰を上げた。

『和泉屋』を出た。昨夜の賊の雇人は甅右衛門ではない。栄次郎はそう思った。

四

本町三丁目から浅草御門を抜けて蔵前(くらまえ)から黒船町にやって来た。

お秋の家に向かっていると、背後から呼び止められた。

「矢内さま」

岡っ引きの辰造だった。

「これから矢内さまをお訪ねするところでした」

「そうですか。ちょうどよかった。じゃあ、いっしょに行きましょう」

「いえ。すぐすみますので、その辺で」

辰造はそう言い、大川の辺(ほとり)に行った。

川風がひんやりした。

「神田花房町にある『春田屋』という口入れ屋の主人から話を聞いてきました。昨夜の浪人の言うことに間違いありませんでした」

　辰造は続ける。

「用心棒の話を持ち込んだのは、湯島天神門前にある『柳家』という料理屋の番頭で、弥助という男でした。ところが、『柳家』には弥助という男はいませんでした」

「偽者でしたか」

「『春田屋』は『柳家』に下男などを送り込んでいて、弥助の言うことを疑いもしなかったようです」

「浪人たちは『柳家』に集まったのですか」

「いえ、客商売なので、夕方七つ（午後四時）に湯島天神の男坂を上がったところに来るようにと。五人の約束だったので、仕事を求めに来た浪人に話をしたそうです」

　辰造は川に目をやり、

「約束の日時に浪人五人が男坂に上に集まった。そこに、弥助という男が現れ、ひとを斬れば五十両出すと。ふたりがその金に目が眩んで、言われたとおりに待ち伏せたということです」

「弥助の特徴は？」

「四角い、えらの張った顔で目尻がつり上がっていたそうです。大柄だったそうです」

『柳家』の番頭を騙っていたことは、ある程度『柳家』の事情に詳しいようですね」

栄次郎は想像した。

『柳家』の女将にききましたが、そういう特徴の男に心当たりはないと」

辰造は答える。

「そうですか。でも、『柳家』の番頭を騙っているのですから、仲間が『柳家』を利用していたのかもしれませんね」

「ええ。それより、矢内さまに襲われる心当たりはありませんか」

「じつは、ある想像をしていたのです。しかし、違いました。証もないのに、ひとを疑ってはいけないと」

「そうですか。わかりました。昨日の浪人、笹川重太郎といい、病気の妻女がいるそうです」

「そうでしたか」

「十分に反省していますので、弥助という男を捜すことを条件に解き放ちました」

「そうですか」

「では、あっしは」

辰造は引き上げた。

栄次郎は改めて、お秋の家に向かった。

昼過ぎに、お秋が二階に上がって来て「栄次郎さん」と声をかけた。

「はい」

返事をすると、お秋は襖を開けたが、何も言わずに黙っている。

「お秋さん。どうかしたのですか」

栄次郎は訝しんできいた。

「お客さま」

「私に？」

「ええ、若くきれいな女のひと」

お秋は不機嫌そうに言う。

「若くきれいな女のひと？」

栄次郎は呟いてから、

「お園さんでは？」

と、きいた。

「ええ、そんな名でした」

お秋は不貞腐(ふてくさ)れたように言う。

栄次郎は立ち上がって階下に行った。

土間にお園が立っていた。

「よくいらっしゃいました」

栄次郎は声をかけ、

「ちょっと上がっていきませんか」

と、誘った。

「いえ、叱られますから」

「叱られる？」

「用件を言います。明日の朝四つ（午前十時）に、また暁雲寺の庵(いおり)に来てくださいと、若菜さまからの言伝てです」

「急ですね」

「お伝えしました。では、失礼します」

「もし」

栄次郎は呼び止めた。

「お聞きしています。明日、お待ちしています。」

「なんでしょうか」

「返事を聞かなくていいんですか」

「これまで、若菜さまの言伝てに返事をもらったことはありません。では、明日、お待ちしています」

お園は土間を出て行った。

どうやら、供の侍が外で待っているようだった。

「栄次郎さん。なんですか、今の女。ずいぶん横柄ね。栄次郎さんの都合などお構いなし」

お秋は憤然として言う。

「そうですね」

栄次郎は苦笑する。

「明日、わざわざ出かけることはありませんよ」

お秋は口元を歪めた。

「ええ。でも、私のほうも用があるんです」

「用ですって」

お秋が目を剝いた。

「若菜さまって誰です？」

「旗本のお嬢さまです」

「まさか、栄次郎さんの……」

お秋は勘違いをしている。

「兄の手伝いです」

栄次郎は曖昧な言い方をしてそれ以上のお秋の問いかけを封じて二階に戻った。

やはり、若菜もこっちの真意を探る役目を担っているようだ。でなければ、こんなに早く声がかかるはずがない。

栄次郎は窓辺に立ち、大川を眺めながら、明日はどこまで踏み込むかを考えた。へたに核心に触れるような質問をしてこっちの魂胆に気づかれては拙いとためらっていたが、すでに相手は栄次郎の真意を見抜いているに違いない。だったら、深く斬り込んでも構わない。栄次郎はそう心に決めた。

翌朝、小石川にある暁雲寺の山門をくぐった。

境内は掃除が行き届き、相変わらず閑静だ。本堂をまわり、墓地とは反対の丘の上にある庵に向かった。

庵に近付くと、戸口でお園が待っていた。

「いらっしゃいませ」

お園が会釈をする。

「また、ご用人どのもいっしょですか」

栄次郎はきいた。

「いえ、部屋には若菜さまおひとりです」

「わかりました」

前回は入口に侍がいて刀を預けたが、今日は刀を持ったまま部屋に上がった。

「お見えです」

お園が声をかける。

中から返事がした。

お園が襖を開け、

「どうぞ」

と、勧める。

「失礼します」

栄次郎は部屋に入った。

庭に面した障子を開け、若菜がひとりで待っていた。

「ご苦労さまです」

若菜は鷹揚に言う。

「またお目にかかれて光栄に存じます」

栄次郎は挨拶をする。

「まだ、三味線の音が耳に残っています」

若菜は微笑(ほほえ)んだ。

「やかましくですか、それとも心地よくですか」

栄次郎は意地悪くきいた。

若菜は含み笑いをした。

「先日、あなたは武士を捨て、三味線弾きとして生きていきたいと話しておりましたね」

若菜は切り出した。

「ええ。そうです」

「なぜ、まだ武士のままなのですか」

鋭く、若菜はきいた。

「それは……」

母を裏切ることになるので、踏ん切りがつかないのだと、言おうとした。だが、その前に若菜が言った。

「まさか、まだ三味線弾きとしてやっていく自信がないからなんて仰らないでしょうね」

「そういうわけではありません」

「でしょうね。今、自信がなければ、とうてい三味線弾きになることなど無理だと思いますわ」

若菜は言い放つ。

「ほんとうはまだ武士に未練があるからではないのですか」

「いえ」

自分でも声に力がこもっていないと思った。

「ほんとうかしら？」

若菜はいたずらっぽい目を向けた。

「矢内さまの理想は、武士でいながら三味線弾きとしても活躍する。そういうことじゃないかしら」

「仰るとおりです」

栄次郎は認めた。

「しかし、難しい」

「どうしてですか」

「周囲が許さないからです」

栄次郎は間を置き、

「私の兄弟子に旗本のご子息がいらっしゃいました。三味線の腕は私より上でしょう。しかし、御家の事情から家督を継ぐことになりました。それからは、満足に稽古にも来られなくなりました」

兄弟子である旗本の坂本東次郎(さかもととうじろう)の話をした。東次郎は、杵屋吉次郎(きちじろう)という名を師匠からもらっている。

「最終的には、武士をとるか三味線弾きになるかしかありません」

「どうして、そう決めつけるのですか」

若菜はじっと栄次郎の顔を見つめ、

「それが許される御家に養子に行けばいいではありませんか」

と、あっさり言う。

「難しいでしょう」

「どうしてですか」

「どうして？」

栄次郎は若菜の問いかけの意味がわからなかった。

「周囲が許してくれるかどうかではなく、矢内さまがそうすればいいだけのことでは？」

「そうはいきません」

「だって、矢内さまは大御所さまのお子なのでしょう」

「……………」

「そのご威光にすがり、周囲を納得させればよいだけの話ではないのですか」

「そんなこと出来ません。それに、私は御家人の矢内家の部屋住です。出生の秘密など、私には関係ありません」

「なぜ、それを利用しないのですか」

若菜が鋭く言う。

「私が矢内さまの立場だったら、ためらわずそのことを背景に、どこぞの旗本に三味線弾きとして活動することを条件に養子になります」

「私はそこまでしたくありません」

「でも、それで武士と三味線弾きを両立することが出来るなら、一番いいじゃありませんか」

「いえ、私には出来ません」

「どうしてですか、大御所さまのお子ということで、私に会うことを押しつけたではありませんか」

「それは……」

栄次郎は返答に詰まった。

「なんだかんだと言いながら、矢内さまは大御所さまの子であることを利用しているのではありませんか」

若菜は手厳しく言う。

「仰るとおりです。しかし、周囲の者が勝手に騒いでいるのです」

「でも、矢内さまがその気になれば、それが出来るわけですね」

若菜は冷笑を浮かべた。

確かに、若菜の言い分に一理ある。しかし、栄次郎は特権を利用しようとは思わない。

「若菜さまは、大御所の子だから私に会おうとなさったのですか」

　栄次郎は逆にきいた。

「父が断りきれなかったのです」

「若菜さまは大御所の子だからという配慮はなかったのでしょう」

「私はそんなことに影響受けません」

「私も同じです」

　栄次郎は若菜の顔を見つめて言う。

「………」

　若菜がため息をついた。

「どうかしましたか」

「やはり、矢内さまは……」

　若菜は言いさした。

「なんですか」

「兄上さまは、御徒目付だそうですね」

　いきなり、若菜は口にした。

「そうです」

「私とのことは、兄上さまから頼まれたのですね」

「ええ」

栄次郎は正直に答えた。

「兄は組頭さまから頼まれたということです。ですが、実際は御目付さまからの命令のようでした」

「岩城家には若年寄さまから話が参ったようです」

「御目付の存在を隠したかったのでしょう」

「なぜ、御目付さまがこのような真似を？」

若菜が険しい表情できいた。

「私も最初はわけがわかりませんでした。でも、今は想像がつきます」

栄次郎は答える。

「やはり、美濃藩大野家に関係することですね」

「そうです」

もはや、隠す必要はないと、栄次郎は認めた。

「美濃藩大野家では藩主が病気でお倒れになったそうですね。世嗣の政友さまが家督を継ぐことになりますが、政友さまの性格が災いをし、家臣の中から反対の声が出たと聞いています」

栄次郎は続ける。

「政友さまを廃嫡し、新たな藩主を縁戚関係にある旗本岩城家から迎えようとしていると。若菜さまはご存じですね」

「知っています」

若菜も素直に答えた。

「政友さまを推す一派と岩城家から養子をもらう一派とで御家騒動に発展するのではないかと、老中も警戒しているのです。そこで、大野家と岩城家それぞれの動きを探ることになったのでしょう。しかし、御家騒動に発展する恐れだけの理由なので、本格的な調べは出来ない。そこで、苦し紛れに、御徒目付の兄を持つ私を利用したのです」

「やはり、そうでしたか」

若菜は落ち着いていた。

「大野家は母の実家です。母も、政友さまの性分や振る舞いなどを耳にして心を痛めていました。大野家の御家老と話し合い、ふたりの兄のうちのどちらかを大野家へ養子に出すことに決めたそうです」

「政友さまをどうなさるおつもりですか。政友さまを支持する家臣もおられましょう」

栄次郎は心配してきく。

「直(じき)に、この問題は決着すると聞いています」

「決着？」

栄次郎は政友が臥せっていることに思いを馳せ、

「決着とは政友さまに何か変化があるということですか」

と、問い詰めるようにきいた。

「詳しいことは、私にはわかりません」

「政友さまは……」

毒を盛られているのではと口にしようとして、声を呑み込んだ。

「矢内さま」

若菜が口調を改めた。

「この一両日中に、大野家の家督問題は解決します。今日、お呼びしたのはこのことをお伝えするためです」

「どう解決するのですか」

「詳しいことはわかりません。ただ、無事に解決するとだけ、母から聞いています。それ以上のことは、私にはわかりません」

若菜はきっぱりと言った。

「一昨日の夜、私は浪人者に襲われました」

栄次郎は口にした。

「襲われた？」

若菜は顔色を変えた。

「何者かに金で雇われたそうです。心当たりはありませんか」

「岩城家の誰かがと、お考えですか」

若菜は厳しい顔できく。

「じつは、お園さんから私への連絡先をきかれ、浅草黒船町にある家を教えました。賊のひとりは、そこから後をつけて来たのです」

「お園が雇い主と通じていると？」

「いいえ。ただ、たまたまお園さんに教えたばかりだったので、つい結びつけてしまっただけです。忘れてください」

栄次郎はお園に疑いの目を向けたことを謝った。

「では、私はこれで」

栄次郎が腰を上げようとすると、

「もう少し、いいではありませんか」

と、若菜は声をかけた。

「はあ」

栄次郎は座り直した。

若菜は庭に目をやり、

「金木犀(きんもくせい)の香りが……」

と、呟く。

栄次郎は意外な思いで若菜を見た。今までの勝気な顔付きではなく、どことなく柔らかな表情に見えた。

金木犀の上に、赤とんぼが飛んでいた。

「矢内さまがうらやましい」

若菜がぽつんと言った。

「どうしてですか。若菜さまこそ、なんでも思いのまま、とても充実しているように思えますが」

「私には矢内さまのような自由がありません」

ふと、若菜は悲しげな目をした。

栄次郎は意外な思いで若菜を見つめた。

「親や周囲から言われたとおりに動くだけ。武士を捨て、三味線弾きになりたいと言い切れる矢内さまがうらやましい」

「女子だからでしょうが、武士の世界は男でも同じです。私が武士を嫌うのは自由がないからです」

庭に、武士の姿が見えた。若い侍だ。すぐに、植込みに消えた。

「そろそろ、私は引き上げたほうがよさそうですね」

栄次郎は察して言った。

「矢内さま。またお会いしたいのですが」

「………」

「これは私の意志で」

若菜は熱い目をくれた。

「わかりました。いつでも仰ってください。また、お園さんに連絡を……」

「いえ、お園ではなく、他の者を使いにやります」

若菜は厳しい顔をした。

「そうですか」

栄次郎は若菜の表情から何かを察した。

「では、使いを待っています」

お園と若菜の関係は栄次郎が考えていたのとは違うようだ。

「では、私はこれで」

栄次郎は挨拶をして部屋を出た。

庵の外に、お園が待っていた。

「いかがでしたか」

お園がきいた。

「なかなか手厳しく言われました」

栄次郎はわざと顔をしかめた。

「それはお気の毒に」

お園は冷笑を浮かべ、

「そうそう、近々、若菜さまは結納をおかわしになられます」

と、告げた。

「結納ですか」

「もう、お会いすることもないでしょうけど、三味線のほうを頑張ってください」

「ええ。では」

お園と別れて歩きはじめたが、背後から射るような視線を感じた。お園ではない。庭にいた武士かもしれないと思った。

五

翌日の昼前、お秋の家に新八がやって来た。

二階の部屋で、差し向かいになった。

「栄次郎さん。政友さまの具合は日々悪くなっていっているようです。昨日は、上屋敷から江戸家老や用人どのが見舞いに来たようです」

新八が口にした。

「日々悪く？」

栄次郎は胸が騒いだ。

「やはり、毒を飲まされているのでしょうか」

「じつは、その形跡はないようです」

「どうしてわかるのですか」

「医者と家老の話を盗み聞きしました。病の原因がわからないと、医者が言い、家老がまさか毒を盛られているのではないかとききました。医者は、毒の症状はいっさいないと言ってました」

「そうですか」

「でも、病の原因がわかったような気がします」

新八は言った。

「なんなのですか」

栄次郎は身を乗り出した。

「昨夜、あっしは中屋敷に忍び込んで、天井裏から政友さまの寝間の様子を窺っていたんです。そしたら、突然、政友さまが叫び声を上げ、喚き出したのです。そして、壁に向かって何か叫んでいるのです。あっしは何があったのか驚きました」

新八は息を継いで、

「女中や警護の侍が飛んで来ましたが、政友さまは暗い壁に向かって、そいつをつまみ出せと。もちろん、誰もいません」

「…………」

「女中たちがなんとか落ち着かせたあと、政友さまは下男と女中が毎晩部屋に現れると訴えていました」

「下男と女中？」

「女中が言うには、政友さまは夜毎、悪夢にうなされているそうです」

「悪夢？」

「以前に下男を無礼討ちにしたり、手込めにした女中が井戸に身を投げたことがあったそうです。最近になって、夢に下男と女中が出て来るそうです」

「怨霊に祟(たた)られているのでしょうか」

「そんな感じです。あんな騒ぎが毎晩では、周囲もたいへんですが、本人も辛いでしょう。祈禱してもらうという話も出ていました」

「そうですか」

栄次郎は意外な話に戸惑いを覚えながら、

「悪夢の原因が何かの毒のせいとは考えられないのでしょうか」

と、きいた。

「さあ、どうでしょうか。医者もわからない新しい毒があるのかどうか」

新八は首を傾げた。

「新八さんの印象としては毒ではないと？」

「そうですね。毒で体が冒されているという感じはしませんし、食べ物にしても周囲は気を配っているようでしたから毒を飲まされることはないと……」

新八は遠慮がちに言うが、毒を完全に否定していた。

「そうですか」

栄次郎は自分の考えがもろくも崩れていくのを知った。

新八が引き上げたあと、栄次郎はこれまでの流れを思い返してみた。

そもそもは、多吉の首吊りに妹のおまちが疑問を突き付けたことからはじまった。

多吉には殺されなければならない理由は見当たらなかった。

ほんとうの狙いは瓺右衛門の妾のおとせを殺すことで、多吉は下手人に仕立てられたという解釈も出来たが、おとせの間夫(まぶ)梅次が殺されていたことがわかって、疑惑が和泉屋瓺右衛門が出入りをしている美濃藩大野家に向かった。

折しも、大野家では藩主が病気で倒れて、俄に世嗣の政友が家督を継ぐことになった。ところが、政友は藩主の器ではないと、家臣から反発が起きた。その者らが政友を廃嫡し、縁戚関係にある旗本岩城家から養子をとると主張した。

後継問題が明るみに出て、御目付は岩城家の内情を探らせようとして栄次郎を岩城家の姫君である若菜に近付けさせた。

岩城家では大野家に養子に行くことは既定の事実のようだった。しかし、政友がいるのに、それは不可能だ。

密かに政友排斥の動きが進行している。その企みを、多吉は知ってしまった。

多吉は何かに悩んでいたらしい。母親も長屋の大家も同業者も一様にそう言っていた。それが企みを知ったことではないかと思ったが、多吉が企みに気づく機会はないのだ。大野家に出入りをしていなければ、『和泉屋』にも縁がない。

ただ、和泉屋甑右衛門の妾おとせのところに小間物屋として出入りをしていただけだ。

当初、多吉はこのおとせに言い寄ったが拒絶されたことに腹を立て、匕首で殺し、自身も首を括って死んだとされた。

しかし、多吉には末を約束したおさきという女子がいた。真面目で誠実だという多吉が他の女に懸想をしたとは考えにくい。

多吉が殺されたことは間違いなく、その理由が大野家絡みだと考えられたが、その証はないどころか、多吉は大野家とは縁がないのだ。

栄次郎は自分が考えたことがことごとく外れていることに啞然とするしかなかった。自分は何か大きな間違いをしているのではないかと思いはじめた。

八つ（午後二時）過ぎに、岡っ引きの島吉がやって来た。

二階の部屋で向き合い、島吉が口を開いた。

「例の長持の件ですが、目撃者を手繰っていくと、浜町堀からさらに先に行き、霊岸島でも目撃され、今のところ最後は鉄砲洲稲荷の前です」

「鉄砲洲稲荷ですか」

「ええ。それが、夜の五つ（午後八時）前です。長持は稲荷橋を渡り、霊岸島を突き抜け、浜町堀を経て、柳原通りを突っ切り、向柳原を通って入谷に向かったと思われます」

島吉は説明した。

「長持の中はなんだと思いますか」

栄次郎はきいた。

「へえ。断定は出来ませんが、多吉ではないかと」

島吉は厳しい顔で言う。

「そう断じていいかもしれませんね」

栄次郎は応じ、

「問題はどこから長持が持ち出されたか」

「長持には紋所はなかったようです」

「侍がついていたことからも、どこかの武家屋敷ですね。じつは、築地に美濃藩大野家の中屋敷があるのです」

「中屋敷？」

「多吉さんは上屋敷には出入りをしていなかったようですが、中屋敷にはどうだったか」

栄次郎は暗闇に一条の光を見出したような気がした。

「中屋敷には世嗣の政友さまがお住まいです。多吉さんは中屋敷で、何かの秘密を握ってしまったとも考えられます」

栄次郎は思いついた考えを述べた。だが、すぐに、自戒した。どうも、今回は自分の勘が狂っているのか、想像したことがことごとく覆（くつがえ）されている。

「多吉が中屋敷に出入りをしていなかったか、調べてみます」

島吉は言い、引き上げた。

栄次郎はじっとしていられずにお秋の家を出た。

下谷車坂町の長屋に、多吉の母親を訪ねた。

腰高障子を開けると、母親はとば口にある流しで、洗い物をしていた。

「これは矢内さま」

母親は栄次郎を覚えていた。

「起きていてだいじょうぶですか」

ひとり息子を失い、さらに憔悴しているのではないかと不安だった。部屋にはふとんが敷いたままだ。

「ええ」

「今、お邪魔ではありませんか」

栄次郎はほっとしてきいた。

「どうぞ」

手拭いで手を拭き、母親は部屋に戻った。

栄次郎は腰から刀を外し、上がり框に腰を下ろした。

「その後、おまちさんはいらっしゃいますか」

栄次郎はきいた。

「私を心配して、たまに顔を出してくれます。お店があるので、長居せずにすぐ帰ってしまいますが」

「そうですか」

栄次郎は母親の顔色を窺う。

痩せていて白髪が目立つので、実際よりも老けて見えたが、今日は以前会ったときよりすっきりした顔をしていた。

どう切り出そうかと迷っていると、

「多吉のことですか」

と、母親のほうから話をしてきた。

「はい。また思い出させてしまい、心苦しいのですが」

栄次郎は答える。

「どんなことでしょうか」

「やはり、多吉さんは何者かに殺された公算が大きいことがわかりました」

「まさか。多吉が人さまに恨みを買うなどとは考えられません」

「ええ、そこで、もう一度お伺いしたいんですが」

栄次郎はそう言ってから、

「多吉さんが何かに悩んでいたということでしたが、何に悩んでいたか、なんでもいいのですが手掛かりになるものがないかと。どんな些細なことでもいいのです。何か思い出すことがあれば……」

「私にも何も言いませんでしたが、おとせという女のことで悩んでいたのでしょうか」

母親は呟くように言う。

「おさきという女子をご存じですか」

栄次郎はきいた。

「…………」

「多吉さんが好いていた娘さんです。ふたりは所帯を持つ約束をしていたようですね。そんな多吉さんが他の女に現を抜かすとは思えないのですが」

「ええ。でも、他に何も心当たりはないので」

母親は目を伏せて言う。

「あなたは多吉さんがおとせさんという妾に懸想をしたと思っているのですか」

栄次郎は確かめるようにきく。

「向こうのほうから多吉を誘惑したのではないかと思っています。芸者上がりの女の手練手管にはまってしまったのでしょう」

「いえ、多吉さんは……」

「どうか、その話は」

母親は制し、

「憶測だけの話を聞いても、辛いだけですので」

と、ため息をついた。

やはり、母親は多吉がおとせを殺して自殺したと思い込んでいるようだった。

「ひとつだけ、お聞かせください。多吉さんが美濃藩大野家の中屋敷に出入りをしていたかどうかわかりませんか」

「いえ、そんな話は聞いたことはありません」

母親は否定した。

「そうですか」

栄次郎は部屋の中を見て、おやっと思った。何かすっきりしていると思ったら、多吉の着物や煙草盆などがなくなっているのだ。

栄次郎の視線から気づいたのか、

「じつは、近々ここを引っ越そうと思っています」

母親が言った。

「引っ越しですか。どちらに？」

「小田原に親戚がいます。今回のことがあって、いっしょに暮らそうと言ってくれていますので」

「そうですか。おまちさんにはそのことは？」

「まだ、話していません。でも、私のひとり暮らしを心配するより、私が親戚に引き取られたほうが安心するでしょうから」

「小田原に行ったら、多吉さんのお墓参りがなかなか出来なくなりますね」

「それはなんとか」

母親は俯いた。

「お母さんは小田原の出なのですか」

「ええ、まあ」

「多吉さんとおまちさんは小田原で？」

「いえ、江戸で生まれました。小田原から江戸のお屋敷に奉公に来て、亭主と知り合ったんです。亭主は早死にしましたが」

母親はしんみり言う。

「いつ、小田原に？」

「あと十日ほどしたら」

「そうですか。では、その頃、また来てみます」

栄次郎はそう言い、立ち上がった。

「お邪魔しました」

栄次郎は土間を出た。

長屋木戸のところで、大家に会った。

「大家さん、先日はどうも」

栄次郎は挨拶をした。

「多吉の母親のところですか」

「はい。今度、引っ越されるそうですね。小田原の親戚に引き取られるとか」

「ええ、多吉のことを思い出して泣きながら暮らすより、別な場所に移ったほうがいいでしょう」

大家は母親に寄り添うように言う。

「大家さんは小田原の親戚の方にお会いしたことがあるんですか」

「多吉さんが亡くなったあとは、小田原から出て来たのでしょうか」

「いえ、多吉が亡くなる前には何度か客が訪れていたようですが、亡くなったあとは訪れるひともいないようです」

「亡くなる前には誰かが訪ねて来ていたのですか」

栄次郎は気になった。

「それが小田原の親戚のようです」

「でも、多吉さんが亡くなったから小田原に引き取られるという話になったのですよね。どうして、小田原の親戚が亡くなる前に訪ねて来たのでしょうか」

栄次郎は疑問を呈した。

「なんでも、親戚は商売上の用事で江戸に来たついでに母親のところに寄ったようです。そのとき、多吉が所帯を持ったら、自分は小田原に帰ろうかしらという話をしていたそうです」

「多吉夫婦と住まないということですか」

「ええ、足手まといになりたくないと言ってました」

大家は母親の考えを話した。

「そうですか」

「すみません、店子のところに行くところなので」

大家は言い、栄次郎から離れ、長屋の路地の奥に向かった。

栄次郎は長屋木戸を出た。何かしっくりこない。多吉の母親の様子には何か違和感がある。

多吉が悩んでいた原因は、何度か訪れていたという客が運んできたのではないか。

そうだとしたら、母親も多吉の悩みを知っているはずだ。

なぜ、隠すのか。ますます栄次郎は母親に対する不審を募らせた。

栄次郎は新寺町を過ぎ、新堀川を渡り、東本願寺の前を通って田原町に着いた。

夕七つ（午後四時）を過ぎていた。栄次郎は木綿問屋の『赤城屋』に行った。

裏口にまわり、誰かが出て来るのを待った。夕方になって、買い物に行く女中が出て来るのを期待した。

すると、先日の女中頭が若い女中とともに表通りから路地に入って来た。

栄次郎は女中頭に近付き、声をかけた。

「先日はありがとうございました」

「確か、矢内さま?」

女中頭がきく。

「はい。矢内栄次郎です。また、おまちさんにお会いしたくて」

「多吉さんのことで何かわかったのですか」

女中頭はおまちに同情していた。

「いえ、まだです。そのことで、おまちさんに」

「そうですか」

女中頭は頷き、

「待っててください」

と、若い女中と裏口に入って行った。

すぐに、おまちがやって来た。

「矢内さま」

おまちが声をかけた。

「すぐ戻らなければならないのです。明日の昼前、暇をもらって、お秋さんの家に伺います。私も聞いていただきたいことがありますので」

「わかりました。では、お待ちしています」

「はい」

おまちは戻って行った。

栄次郎はそれから、いったん黒船町のお秋の家に戻り、それから本郷の屋敷に帰った。

兄はすでに帰っていて、栄次郎を待っていたようだ。栄次郎は着替えをせぬまま、兄の部屋に行った。

兄は珍しく興奮しているようだった。いったい何があったのか、栄次郎は緊張して兄と向かい合った。

第四章　新藩主

一

兄は上擦ったような声で、

「栄次郎、美濃藩大野家で大きな動きがあったようだ」

と、切り出した。

「政友さまに何か」

栄次郎は身を乗り出した。

「詳しいことはわからぬが、政友さまが病気を理由に家督を継ぐことを辞退したそうだ」

「辞退させられたのですね」

毎夜悪夢にうなされる政友を病気にして廃嫡に追い込んだのではないかと思った。

「いや、自ら宣言したそうだ」

「自ら？」

栄次郎は耳を疑った。

「どういうことですか」

「江戸家老や次席家老、用人ら主立った者を集め、政友さまが自ら家督は継がぬと仰ったそうだ」

「………」

「政友さま自らの発言だから、政友さまを推している次席家老一派も何の反論も出来なかったようだ」

兄は息を継ぎ、

「ただ、栄次郎が言うように、政友さまの病気が毒のせいだとしたら」

「兄上」

栄次郎は口をはさんだ。

「新八さんの調べでは、毒を飲まされている形跡はないようです」

「ない？」

「はい。病は心の問題のようです」

「どういうことだ？」

兄は不思議そうにきいた。

「政友さまは怨霊に祟られているようです」

「怨霊だと？」

「はい。夜毎悪夢にうなされて、目を覚ましてもかつて自分が無礼討ちにした下男や手込めにして自殺に追い込んだ女中の霊が現れ、政友さまを苦しめているそうです」

「ばかな、怨霊だなんて」

「考えられるのは、藩主が倒れ、いざ自分が新しい藩主になると思ってから良心の呵責に苛まれるようになったのではないでしょうか」

「うむ」

兄は唸った。

「ただ、そう言いながら、私も腑に落ちません。政友さまの性分なら良心の呵責に苦しむことはないように思えるのです。体に害を与える毒ではなく、幻覚を促す薬を飲まされてはいないか」

栄次郎はそこまで言ってはっとした。

今回、自分の想像はことごとく外れているのだ。勘が鈍くなっている。そう自戒したばかりだ。

「兄上、今のは思いつきを口にしただけです」

栄次郎は言い訳をした。

「いや。怨霊が幻覚をもたらす薬のせいだとしたら説明がつくではないか」

「しかし、そんな都合よく下男と女中の幻覚が現れましょうか」

栄次郎は自分で言い出しておきながら疑問を口にした。

「うむ。明日になれば、もう少し詳しい話が入ってこよう。しかし」

と、兄は続けた。

「これで幸か不幸か、大野家においては御家騒動に発展せずに丸く収まったことになる」

「そうですね」

栄次郎は首をひねった。

政友を廃嫡しようとする動きは前々からあったようだ。藩主の土佐守が倒れて急遽思いついたことではない。

しかし、正統な後継者である政友を廃嫡するのは容易なことではあるまい。何かの企みを実行していたはずだ。それが、政友の悪評だ。だが、それだけでは廃嫡までいけないはずだ。だが、今回、政友は自ら退いた。

岩城主水介の奥方と大野家江戸家老が前々から望むとおりになった。

こうなると、おとせ殺しや多吉の首吊りの件はどうなるのか。大野家とはまったく関わりのない事件だったのか。

しかし、長持が築地の武家屋敷から運ばれた可能性がある。そして、築地には大野家の中屋敷があるのだ。

何かおかしいと、栄次郎は思うが、今は何も考えることは出来なかった。自分の勘が狂っているという思いが、思考を妨げていた。

「栄次郎、明日になればまた詳しいこともわかろう」

「はい。では」

栄次郎は頭を下げ立ち上がった。

翌朝、四つ（午前十時）に、おまちがお秋の家にやって来た。

「お店のほうはだいじょうぶですか」

栄次郎はきいた。

「はい。旦那さまもお内儀さんも、私のことを気づかってくれていますから」

女中頭も親切だったことを思い出す。

「じつは昨日、お母さんのところに行ってきました。そしたら、小田原の親戚の家に引っ越すと仰っていました」

栄次郎は切り出した。

「はい」

「小田原の親戚のひとにお会いしたことはあるのですか」

栄次郎はきく。

「いえ、ありません」

「小さい頃も？」

「はい。おっ母さんは小田原から江戸に奉公に出て、お父っつぁんと知り合って所帯を持ったようですが、子どもの頃にもおっ母さんから小田原の話を聞いたことはありません。それなのに、今になって小田原の親戚のところに行くなんて」

おまちは表情を曇らせ、

「とにかく、最近のおっ母さんは様子がおかしいんです」

と、不審を口にした。

「ひとり息子があんな不幸に遭ったのです。平静ではいられないでしょうね。大家さんも今の長屋に住み続けるのは多吉さんのことを思い出して辛いのだろうと仰っていました」

「違います」

おまちは激しく否定した。

「違うとは？」

「おっ母さんは、あまり悲しんでいません」

「悲しんでいない？」

「ええ。私が兄さんはひと殺しをして自殺するようなひとではないと言っても、多吉は悩んでいたからって」

おまちはさらに続ける。

「通夜や葬式で涙さえ見せず、気丈に振る舞っているのかと思っていましたが、ついぞおっ母さんが泣いている姿を見たことはありませんでした」

「以前も、そのようなことを言ってましたが、お母さんはおまちさんの前では必死に悲しみを堪えているのでは？」

「いえ」

おまちが首を横に振る。

「おっ母さんは兄のことがやっぱり好きじゃないんです」

「池之端仲町にある古着問屋を辞めたことが、お母さんは不満だったと仰っていましたね。でも、そんなことで実の息子を嫌いになるなんて」

栄次郎はおまちをなだめるように、

「考え過ぎでは？」

と、言った。

おまちは厳しい目を向け、

「兄はお父っつぁんの連れ子だったそうです」

と、口にした。

「連れ子？」

「ええ、自分の腹を痛めて産んだ子ではないので、どこか冷めて見ていたんです。だから、自分の意に染まないことをする兄がだんだん疎ましくなっていったんだと思います」

「連れ子だというのは間違いないんですね」

「ええ、おっ母さんもそう言ってました。兄からも聞かされました」

おまちははっきり言った。

確かに、母親と話していて、なんとなく違和感を覚えていたのは事実だ。多吉の自殺に疑いを持とうとしなかった。自分の息子を信じようという気持ちはなく、おまちとはまったく正反対だった。

おまちの言うように、多吉に対してそれほど思い入れがないから、母親の様子に悲壮感がないのだろう。

「多吉さんの実の母親はどうなさったのですか」

「亡くなったと聞いています」

「お父さんも亡くなっているんですね」

「ええ、五年前に流行り病で」

おまちはしんみり言う。

母親から受けていた違和感はおまちの話から腑に落ちたように思えたが、何かすっきりしない。このもやもやした感じはなんだろうかと、栄次郎は考えた。

多吉が父親の連れ子だったとしても、それは状況に何の影響もない。ただ、今になって連れ子だったとわかったことが気に入らなかった。

「おまちさん、多吉さんのことで、他に何か秘密はありませんか」

「いえ、秘密だなんて」

「たとえば、多吉さんの実の母親は亡くなったということですが、ほんとうに亡くなっているのでしょうか」

栄次郎は鋭くきいた。

「どういうことですか」

「ほんとうは生きていて、多吉さんと密かに会っていたということは考えられませんか」

「ありません」

「言い切れますか」

「……………」

「多吉さんは殺される前、何かに悩んでいたそうです。その悩みが、実の母親とのことだったとは考えられませんか」

「そんな……」

「さらに言えば、あなたのお母さんは多吉さんが実の母親と会っていたことを知っていた。だから、多吉さんに対して冷ややかに……」

「……………」

おまちは顔色を変えた。

「あなたのお父さんは何をなさっていたのですか」

「池之端仲町にある道具屋に通い奉公をしていました」

「お母さんとはどこで出会ったのでしょうか」

「奉公先だと言ってましたが」

おまちは首を傾げた。

「どうかしましたか」

「ふたりがどこで出会ったか、詳しく聞いていません。きいても、いつも曖昧な返事ばかりだったような気が……」

おまちは表情を曇らせた。

「ふたりの若い頃を知っているひとはいませんか」

「子どもの頃、ときたま家にやって来るひとがいました。私は留爺（とめじい）と呼んでいました」

「とめじい、ですか。留吉（とめきち）か留次郎（とめじろう）とか、そんな名かもしれませんね。そのひとの住まいはわからないでしょうね」

「ええ、わかりません。おっ母さんにきいてみましょうか」

おまちは言う。

「いえ。教えてくれないと思います」

「なぜ、ですか」

「ふたりがどこで出会ったかも教えてくれないのでしょう。留爺はそのことを知っているに違いありません。あなたを留爺とは会わせないでしょう」

「なぜ、ですか。なぜ、お父っつぁんとおっ母さんはそのことを隠すんでしょうか」

「多吉さんの出生の秘密に絡むからでは……」

「出生の秘密？」

「ええ。今回、私がこうではないかと想像したことがことごとく外れていました。自分で言うのも何ですが、今回ほど勘が狂っていたことはありません」

栄次郎は自嘲したが、すぐ真顔になって、

「勘が狂いっぱなしだった理由が今、わかったような気がします。最初の段階から間違っていたのです」

「最初の段階？」

「ええ。そこが間違えていたから、どんな筋書きを想像しても欠陥だらけだったのです」

「なんですか。出生の秘密ってなんですか。教えてください」

おまちは食い下がるようにきいてきた。

「お母さんは多吉さんの死に、それほど悲しんでいないようだと仰っていましたね。そのことに間違いないのですね」

「間違いありません。お父っつぁんが亡くなったとき、泣き崩れていました。しばらく、立ち直れないでいたので、兄もずいぶん心配したのです。そんなことがあったので、兄の葬式のあと、様子を見に行けば、案外と元気で。ほっとしたと同時に、ほんとうは兄のことが好きではなかったのではないかと思ったんです」

おまちは身を乗り出し、

「教えてください。兄の出生の秘密が殺された理由なのですか。どうなのですか」

と、迫った。

「そうです。今回の事件の背景には多吉さんの出生の秘密があります」

「その秘密とは？」

「軽々しく言えません。もう少し調べ、確証を得てからお話をいたします」

「そんな」

おまちは不満を漏らした。

「多吉さんに何か特徴がありますか」

「特徴？」

「ええ、なんでもいいんです。体のどこかに痣があるとか」

「右の肩に火傷痕があります」

「火傷痕？」

「子どもの頃、長屋で火事があり、逃げ遅れた私を兄が抱えあげて助けてくれたのです。そのとき、焼けた柱が兄の肩に倒れて」

「それで火傷を？」

「はい。それほど酷くはなかったようですが、痕が薄く残ってしまいました」

「そうですか」

栄次郎は頷き、

「おまちさん、今私と話したことをお母さんには言わないでいただけますか」

と、口止めした。

「はい、言いません」

「二、三日したら、おまちさんを訪ねます」

「わかりました」

おまちは約束して引き上げた。

おまちを階下に見送ったあと、栄次郎はいったん二階の部屋に戻り、刀を持って再び階下に行った。

「栄次郎さん、お出かけ?」

お秋がきいた。

「はい。一刻(二時間)ほどで戻ります。新八さんがもし見えたら待っていただいてください」

栄次郎はお秋の家を出て、下谷坂本町三丁目に向かった。

二

下谷坂本町三丁目にある島吉の家に行った。

ちょうど昼時で、外に出ていた島吉が昼食のために帰っていた。

「これは矢内さま」

島吉が出て来た。

「どうぞ、お上がりを」

「いえ、食事の邪魔になりますので、すぐ引き上げますから」

栄次郎は土間に立ったまま、

「まず、お訊ねしたいのですが、多吉の死体を検(あらた)めたとき、右肩に火傷痕のようなものを見ませんでしたか」

「火傷痕ですって？　いえ、そんなものはなかったように思いますが」

島吉は首を傾げて言う。

「念のために検死した与力か同心に確かめていただけますか」

「よございますが、それが何か」

島吉は険しい顔をしてきいた。

「いえ。ただ、確かめたかっただけなんです」

栄次郎は曖昧に答える。

「そうですか。わかりました」

島吉は答えてから、

「そうそう、多吉は大野家の中屋敷にも出入りはしていないようです。多吉が長持に閉じ込められて入谷の現場まで運ばれたという考えは残念ながら成立しないようです」

と、付け加えた。

「長持は中屋敷から運び出されたかは、はっきりしたのですか」

「いえ。多吉が中屋敷にも出入りをしていないとわかったので、そこまで確かめる必要はないかと」

島吉は少し迷っていたようだが、

「矢内さま。今まで、多吉が殺されたという目で事件を調べてきましたが、多吉が殺される理由がまったく浮かび上がってこないのです。やはり、多吉は自ら死んだと考えるしかないんじゃないでしょうか」

と、口にした。

「いえ、我らは最初から間違っていたかもしれないんです」

栄次郎は反論した。

「じつは、梅次殺しの下手人が挙がったんです」

「下手人が？」

島吉が口にした。

「ええ、権蔵親分が捕まえたそうです。佐賀町(さがちょう)に住む浪人だそうです。賭場で梅次といざこざを起こしたことがあったそうです。たまたま、万年橋で梅次と出くわし、かっとなって、斬り捨てたということです」

「間違いないのですか」

「ええ、浪人も認めているようです。梅次殺しは、多吉の件とは無関係だったのです」

「そうですか」

栄次郎は意外に思った。

「諸々のことを考え、やはり、最初の見立てどおり、多吉がおとせを殺し、自ら首を括ったというのが真相じゃないでしょうか」

「島吉親分。じつはこれには……」

「矢内さま。うちの旦那もそう思っているんです。もう、探索をやめてよいと言われています」

「…………」

「島吉親分、じつは……」

栄次郎は言いさした。

ことは重大だ。はっきりしないうちに口にするのは憚(はばか)られた。それより、確かな証(あかし)がなければ信じてもらえないだろう。

栄次郎は今はじっと堪えるしかないと思った。

お秋の家に着くと、新八が来ていた。

「お待たせしました」

栄次郎は刀掛けに刀を掛けてから新八と向かい合った。

「栄次郎さん。もうお耳に達しているかと思いますが、政友さまが病気を理由に家督を継ぐことを辞退しました」

「ええ。江戸家老や次席家老ら重臣の前で、自ら口にしたそうですね」

「ええ、昨日の昼間、あっしが中屋敷に忍び込もうとしたとき、政友さまの乗物が門から出て来ました。あとをつけたら、上屋敷に入って行きました」

新八は続ける。

「藩主の土佐守さまの容態がいけなくなったのかと思いましたが、そうじゃなかった。大広間に、主立った家臣が集められたのです。あっしは床下に潜り込んで聞き耳を立てました。そしたら、家督を継がないという話をしだしたのです。その理由として、悪霊に祟られているからと」

「なるほど」

栄次郎は大きく頷きながら聞いた。

「最後に、自分のこれまでの悪行を反省し、出家すると言ってました」

「出家ですか」

栄次郎は呟いた。

「家臣の反応はどうでしたか」

「一部の者が、何か叫んでいましたが、ほとんどは衝撃からか声はありませんでした」

「で、後継について何か言っていたのですか」

「ええ、縁戚の岩城家から次期藩主をお招きしてもらいたいと言ってました」

「なるほど」

栄次郎はにやりと笑った。

「栄次郎さん、なにか」

新八が訝しげにきく。

「新八さん、お願いがあるのですが」

栄次郎は改まり、

「政友さまにお会いしたいのです」

と、訴えた。

「政友さまに会う？」

新八は目をぱちくりさせた。

「もちろん、表立っては会いに行けないし、会ってもくれないでしょう」

「まさか、中屋敷に忍び込むということですか」

「そうです。私を中屋敷に引き入れてくださいませんか」

「政友さまにこっそりお会いするのですね」

「ええ、確かめたいことがあります」

「よろしいでしょう。いつですか」

「出来たら、今夜」

「わかりました。では、今夜五つ（午後八時）に鉄砲洲稲荷で落ち合いましょうか」

新八は深く詮索しなかった。

「ええ。よろしくお願いいたします」

新八が引き上げたあと、栄次郎は目を閉じた。

今回、栄次郎の想像はことごとく外れてきた。その理由として、根底から間違っていたと気づいたが、それでも今度の想像が当たっているかどうかわからない。

その夜の五つに、栄次郎は霊岸島を突っ切り、稲荷橋を渡って鉄砲洲稲荷に着いた。

鳥居の前に、新八が待っていた。

「行きましょうか」

新八の案内で、しばらく大川沿いを行ってから武家屋敷地に入った。どこぞの大名屋敷を過ぎると、やがて美濃藩大野家の中屋敷が見えてきた。

「裏に」

新八は中屋敷の裏にまわった。

内側に土蔵が見える場所に来た。

「ここが一番忍び込みやすいのです」

新八は黒い布で頬被りをし、裾をからげた。

栄次郎も黒い布で顔を覆った。

「では」

新八は塀から離れ、そこから勢いよく走り、塀の間際で跳び、足を塀に当てて蹴り上げ、塀の上にあっさり上がった。

見事なものだと感嘆し、栄次郎は新八が垂らした綱をつかんで塀に足をかけて攀じ登った。

ふたりは中屋敷の庭に下り立った。しんとしている。母屋の明かりが微かに灯っている。その明かりを目指して、新八は進んだ。

ふたりは庭木戸を抜けて、さらに奥に向かう。雨戸の閉まった部屋に向かう。

火縄に火を点けてから、新八は床下に潜り込んだ。栄次郎も真似る。火縄の微かな明かりを頼りに、新八は迷わず政友の部屋の下に着いた。

「この上が政友さまの寝間です」

新八は声を潜めて言い、さらにその隣の部屋の下に移動する。そこで、新八は床板を外し、さらに畳を押し上げた。

新八は先に部屋に上がった。栄次郎も続く。

火縄の明かりに、おぼろげに部屋の中が浮かび上がった。隅に、行灯があるだけで、他に何もない。

隣の寝間の襖に耳を近付ける。微かにひとの息が聞こえる。政友は起きているようだ。明かりも漏れている。

栄次郎は襖を少しずらした。その隙間から中を覗く。若い武士がふとんの上に座り、瞑想するように目を閉じていた。

静かに襖を開ける。政友は気づかない。

微かに音がした。政友がはっとしたように目を開けた。栄次郎は素早く政友に飛びかかり、口を押さえた。

「お静かに」

栄次郎は言う。

「危害を加えるものではありません。どうか、お騒ぎにならないように」

政友が頷いたので、栄次郎は口から手を離した。

「政友さまですか」

栄次郎は確かめる。

「そうだ」

震えを帯びた声で、政友は答えた。

「私は矢内栄次郎と申します。下谷車坂町に住む多吉さんの妹、おまちさんの知り合いです」

顔を覆った布をはずし、栄次郎は名乗った。おまちの名を出したので、政友は目を見開いた。

「政友さまにいろいろお訊ねしたきことがあって参りました。誠に不躾ながら、右肩を見せていただけませぬか」

「なぜ？」

政友は右肩に手をやった。

「断る」

政友は拒んだ。

「お願いいたします」

「出来ない」

栄次郎は新八と目を見合わせた。

新八がいきなり政友の背後にまわり、着物を引っ張った。右肩が露出した。そこに、微かに火傷のような痕があった。

「多吉さんですね」

栄次郎は確かめる。

「………」

「曲者（くせもの）だ」

外で叫び声がした。

「新八さん、行きましょう」

栄次郎は声をかけ、隣の部屋に戻ったとき、侍が三人駆けつけて来た。

「何奴だ？」

大柄な侍が叫んだ。

栄次郎は刀を抜き、侍たちに斬り込んだ。相手は散った。その間を、栄次郎と新八は駆け抜けた。

追手がさらに増えた。

庭を突っ切り、忍び込んだ場所に戻る。塀の上から庭を見る。複数の提灯が迫って来ていた。

栄次郎と新八は塀の外に飛び下りた。門をまわって侍たちがやって来る。ふたりは急ぎ足で、鉄砲洲稲荷のほうに向かった。


翌日の朝、栄次郎は下谷車坂町の長屋に行き、多吉の母親に会った。

「まだ、何か」

母親は不審そうに言う。

「少しお話をお聞きしたいのですが、よろしいでしょうか」

栄治郎は申し入れる。

「出来ましたら、ひとに聞かれたくないのです。ここだと、隣の方に聞かれてしまいそうなので」

「聞かれて拙い話をするつもりはありません」

母親はきっぱりと言った。

「ですが、やはり聞かれないほうが。多吉さんが首を括ったわけがわかったような気がしますので」

「そんなことはもうわかっていることですから」

「多吉さんの出生の秘密に絡むことなので」

「出生の……」

母親は顔色を変えた。

「それでもよろしいなら、ここでも構いませんが」

「…………」

「下谷広徳寺（こうとくじ）の境内ならひとに聞かれずに話が出来そうですが。もし歩けるなら、そこまで御足労を」

「わかりました」

母親はおもむろに立ち上がった。

長屋から広徳寺までそれほど離れていない。

広徳寺の前は茶店も出ていて賑やかだが、境内に入り、鐘楼の裏手に行けば、参詣客もいなかった。

栄次郎はそこで立ち止まって母親に顔を向けた。

「多吉さんはあなたの実の子ではないそうですね」

「おまちが言ったのですね」

「ええ、ご亭主の連れ子だったとか」

「……そうです」

母親は答えるまで間があった。

「奉公先で、ご亭主と出会ったそうですね」

「ええ」

「奉公先はどちらですか」

「言っても仕方ありませんよ」

母親は突き放すように言う。

「今度の事件の解決に役立つのですが」

「おまちがいろいろ言っているようですが、あの娘は間違えています。多吉はおとせという女子を殺して自分で首を括ったのです」

「おまちさんは、お母さんが多吉さんの死をあまり悲しんでいないことに胸を痛めていました」

「あの娘は衝撃が強すぎて冷静に物ごとを見られなくなっているのです」

母親は即座に言う。

「いえ。おまちさんは冷静です。ほんとうのことをちゃんと見ていたのです」

「…………」

「あなたが多吉さんの死をそれほど悲しんでいなかったのは、おまちさんの言うとおりだったと思います。でも、それは多吉さんがあなたの実の子でないからではありません」

「何を仰りたいのですか」

母親は訝しい顔になった。

「あなたに悲しみがないのは、多吉さんは死んでいないからです」

栄次郎は言い切った。

「ばかばかしい」

母親は鼻で笑った。

「多吉の亡骸を私もおまちも長屋の大家さんも見ているのです。へんなこと、言わないでください」

母親は憤然と言う。

「多吉さんの出生の秘密を教えていただけませんか」

母親の抗議を受け流し、栄次郎は頼んだ。

「秘密でもなんでもありません。亭主の連れ子です」

母親は恐ろしい顔で言う。

「ほんとうですか」

栄次郎は迫る。

「もちろんです」

「あなたとご亭主は美濃藩大野家に出入りの商家に奉公していたのではありませんか」

「………」

母親は啞然としている。

「あなたの口からほんとうのことをお聞きしたいのです。ほんとうのことを話していただけませんか」

「私はほんとうのことを話しています」

「あなたはさっき、多吉さんの亡骸を見たと言いましたね。おまちさんも大家さんも顔は見たでしょうが、右肩をご覧になりましたか」

「………」

「おまちさんに聞きましたが、子どもの頃、長屋の火事でおまちさんを助けた多吉さんの右肩に焼けた柱が倒れてきたそうではありませんか」

「………」

母親は口をわななかせたが、声にはならない。

「じつは昨夜、美濃藩大野家の中屋敷に行き、政友さまに強引に会ってきました。政友さまの右肩に火傷痕がありました」

母親はふらふらとよろけて数歩動いた。

「よいですか。今回の件で、おとせさんと多吉さんに仕立てられた男のふたりが殺されているのです。もうひとり、おとせさんの間夫だった男が殺されていますが、美濃藩大野家のことと関係あるのかどうか、わかりません」

母親が話してくれるのを待ったが、口が開(あ)かなかった。

「首吊り死体が多吉さんだと、あなたが認めたことで、最初から死んだのは多吉さんだとして探索が続けられたのです。あなたも殺しの片棒を担いでいたのですね」

母親はよろけそうになったが、踏ん張り、

「多吉と政友さまは双子の兄弟です。生まれて双子とわかったとき、藩主の土佐守さまは将来の禍根を断つために、片割れを密かに出入りの商人に始末するように預けたのです。その商人が下男に子どもを預けて……。私は不憫に思い、その下男といっしょになってその子を育てようと」

母親は真相を語り、栄次郎はやりきれない思いで聞いていた。

「多吉さんは最後まで悩んでいたのにやることにしたのは、なぜなんでしょうか」

「自分が藩主の子であるという運命を悟り、御家の危機を救うのは自分の役割だと思ったからです。自分を捨てた御家のために」

母親は涙ぐんだ。

しかし、多吉は兄殺しに加担したも同然だ。理不尽ながら、多吉も共犯だと言わざるを得ない。

栄次郎は胸にきりりとした痛みを覚えた。

三

下谷広徳寺を出たところで多吉の母親と別れ、栄次郎は日本橋本町三丁目にある紙問屋『和泉屋』の前にやって来た。やがて、店から羽織姿の甀右衛門が出て来た。

店先に駕籠が待っていた。

栄次郎は近付いた。

「また、あなたですか。出かけるところなので」

突き放すように言い、甀右衛門は駕籠に乗ろうとした。

「大野家の政友さまの双子の兄弟のことでお話がしたいのです。いつ、お戻りになられますか」

甀右衛門の動きが止まった。

「何のことですか」

甀右衛門が険しい表情できいた。

「多吉さんの右肩には火傷痕があったそうです。おとせさんを殺して首を括って死んだ男の右肩には火傷痕はなかったようです」

「政友さまの右肩にはちゃんと火傷痕がありました。このことでお話をお聞きしたかったのです。また、夕方に出直します」

栄次郎が踵を返したとき、

「お待ちください」

と、甂右衛門が呼び止めた。

「出かけるのは中止します。どうぞ、中へ」

甂右衛門は番頭に駕籠屋に酒代を渡すように言い、それから出先に断りを入れるように命じ、店に戻った。

栄次郎は客間で甂右衛門と差し向かいになった。

「和泉屋さん。お話ししていただけますね。首吊りに偽装されて死んでいたのは大野家の政友さまですね」

「…………」

「政友さまが築地の中屋敷で殺され、町人ふうに着物を着替えさせられ、長持にとじ込められて入谷の心願寺裏に運ばれ、木から吊るされたのです。持ち物から身元がわかり、すぐに母親が駆けつけ、多吉さんだと認めました。もうこれで、首吊りは多吉

という ことになってしまいました」

栄次郎が話す間、甀右衛門はずっと俯いていた。

「多吉さんは政友さまになりすまして中屋敷に入り、怨霊に取り憑かれて心を病んだと見せかけ、後継を辞退する……。つまり、多吉さんは岩城家から養子をもらって後継にするための役割を負わされた」

栄次郎は甀右衛門を見つめ、

「多吉さんは事件前、何かに悩んでいたそうです。悩みとはこのことだったのですね」

と、吐き捨てた。

「政友さまは凶暴なお方でした」

甀右衛門はようやく顔を上げた。

「噂はためにするものではなく、事実です。下男を無礼討ちにしたり、女中を手込めにしたのもほんとうです。後継の正統性を主張する次席家老さまも政友さまには問題が多いことは認めていたのです」

甀右衛門は続ける。

「それでも歳を重ねれば自覚も生まれてくるとの期待も虚しいまま時が流れ、そして予想よりはるかに早く、土佐守さまがお倒れに。早急に後継を選ばなければならなくなりました」

ふうと、甑右衛門は息を継ぎ、

「世嗣の政友さまが跡を継ぐべきだと、次席家老さまは言い、政友さまの欠けたところは補佐役を置けばいいと。しかし、政友さまは補佐役など無視して暴走するというのが多くの家臣の見方」

甑右衛門は間を置き、

「政友さまが藩主になれば、いずれ大野家に災いを呼び起こす。が、政友さまは藩主になるつもりでいる。そこで、苦渋の決断が……」

「双子の兄弟を利用することですか」

栄次郎は口を入れた。

「双子の弟の始末を『和泉屋』の先代、私の父に託されました。父はどこぞの寺の門前に捨ててくるように、下男に命じました。ですが、下男が自分がこの子を育てると言いだし、恋仲だった女中といっしょにさせ、池之端仲町にある道具屋に通い奉公をさせたのです。下男にはその子どもがどこの家の子かは教えていません」

「…………」

「夫婦はその子に多吉と名づけ、その後、妹も生まれ、ささやかに暮らしていたようです。私もすっかり忘れていました」

「今度のことを企んだのはどなたですか」

「ご用人さまです。岩城主水介さまの奥方は大野家藩主土佐守さまの姉君にあたります。ご用人さまは岩城家の奥方に相談をし、さらに江戸家老にも打ち明け、そして双子の片割れを預かった『和泉屋』に話を」

「先代はご健在で？」

「ええ。隠居ですので、私にすべてを話して、大野家に手を貸すように言いました。まさか、妾のおとせのところに通っている小間物屋が多吉だとは思いもよりませんでした」

「実際に動いたのはどなたですか」

「大野家の家臣門倉重四郎（じゅうしろう）という者です」

「門倉」

『和泉屋』を訪れた侍だ。

「政友さまを多吉さんに見せかけて殺すためにおとせさんを犠牲にしようと考えたのはあなたですか」

栄次郎は問い詰める。

「言い訳に聞こえるかもしれませんが、門倉さまが思いつき、実行したことです」

「なぜ、おとせさんを犠牲に？」

「私が三ノ輪の家に行ったとき、多吉さんは大野家の藩主の子で、双子の片割れだったそうねと、おとせが口にしたのです」

甑右衛門は苦い顔をして、

「あの女は多吉が悩んでいるのに気づいて、いろいろ問い質したようです。そのことを門倉さまに知らせたら、おとせに未練があるのかときかれました。おとせに間夫がいることに気づいていたので、いつ別れても惜しくないと答えました」

「では、殺されるとは思っていなかったのですか」

「ええ、別れることになると思っていただけです」

「多吉さんと母親に話を持ち掛けたのは門倉さま？」

「そうです。多吉が双子であり、兄が大野家の世嗣だということを知っているのは母親ですから、まず母親を説き伏せ、それから多吉に……」

甑右衛門は打ち明ける。

「多吉さんはなかなか承服出来なかったでしょうね」

「ええ、まず大野家の上屋敷にて双子で生まれたということさえ、実感出来ていませんでしたからね」

甑右衛門は続ける。

「門倉さまは、お父上のことお母上のことを話され、双子の一方を遠ざけないと災いのもとになるという陰陽師の占いを信じて弟君を『和泉屋』に託したと話しました。しかし、兄君である政友さまは藩主としての適性に欠ける。このままでは、美濃藩大野家の家臣だけでなく、国許の領民にとっても不幸と、諄々と諭していったのです。最後は母親の懇願もあって、多吉は納得したのです」

「政友さまを中屋敷で殺したとき、すでに多吉さんは中屋敷に入っていたのですね」

栄次郎は確かめる。

「そうです。いくら顔や体つきが似ていても雰囲気が違っては疑いを持たれる。そこで、そのことから怨霊にとりつかれているふうを装い、家臣の目を欺いたのです」

「おとせさんを殺したのは門倉さまですか」

「そうです。道具屋で買い求めた匕首を使って殺し、その匕首を首吊りのそばに多吉の財布と煙草入れといっしょに置いたのです」

「亡骸が多吉さんだと思わせ、母親に亡骸を検めさせる必要があったのですね」

栄次郎はきく。

「ええ、亡骸に不審を持たれる前に、母親が自分の息子だと認めることが大事でした」

「それにより、死んだのが多吉さんだということが前提になってしまった。おかげで、調べは難航しました。いえ、奉行所は多吉さんが死んだと信じきっています」

「………」

「おとせさんの間夫の梅次は賭場でのいざこざが原因で殺されたそうです。おとせさん殺しも最初の見立てどおり、多吉さんの仕業ということで探索を終えるそうです。しかし」

栄次郎は息を整え、

「ふたりが死んでいるこの事件をこのまま放置していいというものではありません」

と、強く言った。

「わかっています」

甂右衛門は頷いた。

「多吉さんはいくら懇願され、いやいや加わったのだとしても、兄殺しに手を貸したことには変わりありません」

栄次郎はやりきれない思いで訴えながら、多吉を助けたいと思った。

「和泉屋さん。じつは私はある理由から若年寄さまの依頼により、旗本岩城さまの内情を探るように言いつかった者です。むろん、大野家の後継問題に絡んでのことです。当然、大野家の問題には大目付さまも関わっています」

栄次郎は偽りを述べた。

「私の背後には若年寄さまや御目付さまがいらっしゃいます。私が報告を上げれば、大野家はいかがなりましょうか」

「………」

甑右衛門は顔を青ざめさせた。

「なれど、早まった考えを起こさないでください。追い詰められたと思って、やけくそにならないように。私はうまく決着を図りたいのです。御家の存亡に関わることですので私にすべてをお任せいただきたい」

栄次郎は諭すように言う。

「わかりました」

甑右衛門は頭を下げた。

「そこでお願いがあります。門倉さまとお会いしたいのですが」

栄次郎は思いついて言った。

甑右衛門は少し間を置いてから、

「わかりました。お伝えしておきます。お返事はどちらに？」

「浅草黒船町にお秋というひとの家があります。そこに部屋を借りておりますので」

「お秋さんですね」

甑右衛門は確かめた。

栄次郎は『和泉屋』を出てから、もう一度、下谷車坂町に行き、多吉の母親に会い、

「さっきの件で取り乱して騒がないように」と念を押した。

その夜、栄次郎は兄の帰宅を待って、兄の部屋に行った。

「珍しいな」

兄がいきなり言った。

「何がでしょうか」

「そなた、目がぎらついている」

兄は何かを察したようだった。

「はい。じつは大野家の後継問題について、ご相談が」

「相談？」

「はい。大野家の秘密を知ったら、兄上は立場上……」

「待て。どういうことかわからぬが、わしは御徒目付だ。旗本以下を監察するが、大名家は関係ない」

「ですが、旗本の岩城主水介さまにも影響が及ぶことゆえ」

「なんだかもってまわった言い方だな」

兄は苦笑し、

「大野家の政友さまが後継を辞退なさったことは岩城家にも届いている。兄弟のどちらかが大野家の養子になるのだ、その準備に入ることになるだろう」

と、言った。

「そのことですが、政友さまが偽者だとしたらどうなるでしょうか」

栄次郎は兄の言うように、もってまわった言い方をした。

「どういうことだ？」

「ある人物が政友さまになりすまして、後継辞退を宣言したとしたら？」

「そんなことをしたら反逆だ」

兄は笑みを浮かべ、

「栄次郎、政友さまが替え玉だと言いたいのか。それはあり得ぬだろう。大勢の家臣の目がある。似ている者を替え玉にしたところで、すぐ気づく」

「双子の片割れが替え玉だったら」

「双子？」

兄は怪訝そうな顔をした。

「政友さまは双子で誕生したそうです」

「栄次郎、何を言っているのだ？」

兄は呆れたように言う。

「二十数年前、藩主の土佐守さまの奥方は双子の男の子を産んだのです。双子が将来の禍根になると危惧し、土佐守さまはこっそり弟のほうを出入りの『和泉屋』の先代に処分を託したそうです。その子を『和泉屋』の下男と女中が預かり、育てたのです。

それが多吉さんです」

「それはまことのことか」

兄は目を剝いた。

「事実です」

栄次郎は多吉が政友になりすました経緯を話した。

「うむ」

兄は絶句した。

「本物の政友さまは多吉さんとして首吊りに偽装されて殺されたのです。実際に手をかけたのは大野家の門倉重四郎という侍だと思われます。もちろん、門倉に命じた者がおります。江戸家老や用人……。それから、岩城主水介さまの奥方も結託していたかどうか。そして、多吉さんも仲間ということに」

栄次郎はやりきれないように言ってから、

「このことをまともに追及したらどうなりましょう。へたをすれば、大野家も岩城家も無事ではすまないでしょう」

最悪は御家お取り潰し、よくても大野家十万石は半分に減らされるかもしれない。もちろん、中心で動いていた江戸家老らは切腹……。そして、多吉は、さらに母親は……。栄次郎の頭の中でさまざまな思いが交錯した。

「兄上、おおもとは政友さまです。政友さまさえ、まともなお方であったならこんなことにならなかったのです」

「ほんとうに政友さまは凶暴なお方だったのか。岩城主水介さまの奥方と大野家の江戸家老が結託して御家乗っ取りを企てたのだとしたら……」

「政友さまが藩主の器にあらずということは何人かの証言だけですが、間違いないと思います。なれど、岩城家と江戸家老が結託していたかどうかはわかりません」

「いや、少なくとも岩城家から養子をとるという話があって、今回の企みが生まれたと考えるほうが自然だ」

兄は言い切った。

「仰るとおりかと」

「このような重大事を引き起こしておきながら、その者たちの望むような結果になることは許されぬ」

「はい」

栄次郎は兄の考えに従いながらも、

「ただ、多吉さんはふつうの暮らしをしていただけです。おさきという女子と所帯を持つために真面目にこつこつ働いてきただけなのに、突然に今回の件に巻き込まれたのです。それなのに、仲間として処分されるのは理不尽ではありませんか」

と、多吉を弁護した。

「いや、多吉も最後まで拒み続ければよかったのだ。結局、企みに手を貸したのだ」

兄は冷たく言う。

「それはそうですが、多吉さんは大野家のことを思って苦渋の決断をしたのです」

「決断するとき、政友さまを殺すことはわかっていたはずだ」

「それでしか、大野家を救うことは出来ないと考えたからです。けっして、私利私欲からではありません」

「栄次郎、そなたが多吉をかばいたい気持ちはわかる。だが、多吉はその代償として何かよい条件を提示されたのではないか。自分は汚名を着たまま死んだことになっているのだ。多吉ではない別人として生きていかねばならない。そのための見返りを得る約束になっているはずだ」

「………」

栄次郎は言葉を失っていた。

「栄次郎。ことは重大だ。双子のことを知っているのは誰だ？」

「私と新八さんだけです。このことを確かめた相手は多吉さんの母親、それに和泉屋甃右衛門さんです」

「おそらく、今頃は江戸家老のもとに集まって相談しているかもしれない。ことが露見したと早まった考えを起こさないといいが」

「おふたりには早まったことをしないように言っておきましたが」

「よし。一晩考えさせてくれ」

兄は厳しい顔で言った。

栄次郎は自分の部屋に戻った。

その夜、なかなか寝つけなかった。


翌朝、栄次郎は兄の部屋に行った。

兄の目が腫れていた。あまり、眠れなかったのだろう。

「兄上、よけいな重荷を背負わせて申し訳ありません」

栄次郎は詫びた。

「いや。いろいろ考えたが、ことを公にしては大野家、岩城家共に大きな傷を負う。場合によっては御家廃絶まで行きかねない」

兄はため息をつき、

「わしはそなたの話を聞かなかったことにする」

と、口にした。

「御徒目付であるわしが知ったら組頭さまにも話さねばならず、そうなれば御目付さまにも伝わる。そうなったら、行き着くところまで行ってしまう」

「兄上」

「よいか、栄次郎。傷を最も少なくするには、このままで行くしかない。しかし、ひとを殺した者には制裁が必要だし、企みに加わった者が望みどおりの結果を手にしては正義に関わる」

「はい」

「そなたひとりの力で出来るか」

兄は栄次郎の顔を睨むように見つめ、

「そなたが失敗したとわかったら、御徒目付としてわしが動く。そのときは、御家廃絶も視野に入るかもしれぬ」

「わかりました」

栄次郎は悲壮な覚悟で応じた。

昼過ぎ、お秋の家に中間ふうの男が現れた。

栄次郎は階下で男からきいた。

「門倉重四郎さまの使いで参りました。夕七つ（午後四時）に、中屋敷まで御足労願えないかとのことですが」

「中屋敷ですね。わかりました。お伺いするとお伝えください」

「かしこまりました」

中間ふうの男は引き上げて行った。

そして、夕七つ前に、栄次郎は築地の中屋敷に赴いた。

門番に名乗ると、すぐ中に入れてくれた。

玄関で刀を預け、迎えに出た若い侍について庭に面した部屋に行った。

「こちらでお待ちください」

若い侍は下がった。

それほど待たずに、大柄な武士がやって来た。

障子の近くに腰を下ろし、

「お初にお目にかかります。門倉重四郎でござる」

と、大柄な武士が挨拶した。

「矢内栄次郎です。一昨日の夜、大野家の中屋敷にてお目にかかっています」

栄次郎は打ち明ける。

「あのときの……」

門倉は思い至ったようだ。

「和泉屋甂右衛門どのから委細は聞きました」

「そのことで、何か異論があれば承りたいのですが」

「いえ」

「では、世嗣の政友さまを中屋敷にて殺し、長持に入れて入谷の現場まで運び、小間物屋の多吉として首を括ったことを認めるのですね」

「私が実際に手を下し、中間に運ばせました」

門倉ははっきり口にした。

「和泉屋甃右衛門さんの妾おとせさんを巻き添えにしたのはなぜですか」

「おとせどのには間夫がいて、甃右衛門どのを裏切っていたこともありますが、決定的だったのは、多吉が双子であることをおとせどのにぽろりと漏らしていたのです。おとせどのは、そのことを甃右衛門どのに確かめたことでわかったのですが」

「多吉さんが自殺に至る理由が出来て一石二鳥だったわけですね」

「そうです。多吉は自分が藩主の双子の片割れだったことに衝撃を受けたようですが、さらに兄を殺して自分が身代わりになることに激しく抵抗していました。でも、最後には、大野家の家臣や領民のためと承知してくれました」

「今回の首謀者はどなたなのですか」

栄次郎が切り出すと、門倉は腰を折り、

「じつは、江戸家老の遠見伊十郎さまがぜひ矢内どのとお話をしたいと中屋敷にお見えです」

と、口にした。

「それは願ってもないことです」

栄次郎は応じた。

「では、お呼びを」

門倉は手を叩き、襖の向こうに控えた若侍に御家老を呼ぶように声をかけた。

しばらくして足音が聞こえた。

襖が開き、五十近いと思える老武士が入って来た。

栄次郎は低頭して迎えた。

床の間を背に腰を下ろし、

「家老の遠見伊十郎でござる」

と、名乗った。

「矢内栄次郎にございます」

「そなたの兄は御徒目付とのこと？」

「はい」

「その関係で、今回のことを調べだしたのか」

　家老はきいた。

「御目付さまは、私に大野家の後継問題に絡み、岩城家の動きを探らせようとしましたが、調べるまでにはいたっていません。私が今回の件に目を向けたきっかけは多吉さんの妹の訴えからです。兄は絶対に自殺ではないという強い思いが、私を動かしたのです」

「そうであったか」

　家老は目を閉じて頷いた。

「このたびのこと、我が殿が突然お倒れになった。殿は前々から政友さまに対して危惧を抱いていた。凶暴性からだ。そこで、前々から双子の弟を捜し出し、もしそれなりの器量があれば弟も次期藩主の候補にしてもいい。そう仰っておられた。そこで、ここにいる門倉に調べさせた」

　家老が目をやると、門倉は軽く頭を下げた。

　家老は続けた。

「そんな折りに、殿が倒れた。多吉のことはあくまでも念のために調べただけだ。ところが、殿が倒れたあと、政友さまは自分が次期藩主だと思い込み、そのような振る舞いを見せはじめた。政友さまを藩主にしてはならない。その思いから今回の計画を立てた」

「岩城家は最初から関わっていたのですか」

栄次郎はきいた。

「殿がお倒れになったあと、岩城主水介さまの奥方が上屋敷に殿のお見舞いに見えた。そのあと、私に次期藩主のことで話があると」

家老が厳しい顔で言い、

「そこで、奥方はこう仰った。土佐守さまから、大野家に後継がいなければ岩城家から出すようにと言われていたと」

と、続けた。

「次期藩主に双子の弟君を招聘するか、岩城家から養子をもらうかという話になった。だが、多吉どのは藩主にはならない。今のままでいいと」

「それで、あのような企みを……」

「政友さまには後継を諦めていただくようお頼みした。強引に政友さまを廃嫡したら、政友さまを推していた者たちは、岩城家から養子に入った者に従おうとしない。だが、政友さまは我らの願いを一蹴した。あまつさえ、自分が藩主の座についたとき、政友さまを廃嫡しようとした者共に責任をとらすと怒りを露にしたのです。御家が分断されるのを避けるには政友さまに辞退をしていただくしかない。そこで、あのような荒療治をしたのだ」

家老は無念そうに、

「まさか、この企みが見破られるとは……」

と、ため息をついた。

「矢内どのの背後には若年寄や御目付が控えているとのこと。そこで、おすがりいたす。この企みが暴露されたら、大野家も岩城家もおしまいだ。なんとしてでも、御家を守りたい」

家老はいきなり畳に手をついた。

「首謀者はわしだ。私が腹を切って責任をとる。それで、御家の大事を救ってはくださらぬか」

「拙者も」

門倉が訴えた。

「実際に政友さまを手にかけたのは私です。私も腹を切り、責任をとります」

「いいえ、多吉さんも消極的ながら企みに加担しており、岩城家の奥方も責任を免れるものではありません」

「………」

「企てに関わった者の望みどおりの結果になってはならないのです。私の考えを申し上げる前に、多吉さんに会わせていただけますか」

「いいでしょう」

家老は頷いた。

「ここに呼んでいただければ」

家老は栄次郎に対して従順だった。栄次郎の背後に、若年寄や御目付らがいるからだろう。

門倉が部屋を出て行った。

「御家老さまも同席していただければ」

栄次郎は頼んだ。

「わかった」

家老は頷いた。

やがて、門倉に連れられて、政友になりすましている多吉がやって来た。

門倉が家老の横に座るように言った。

「先日はご無礼を仕りました。矢内栄次郎です」

栄次郎は頭を下げた。

「いえ」

多吉は首を横に振る。

「多吉さん。当初、奉行所は多吉さんがおとせさんという女子を殺して首を括ったと考え、始末しました。しかし、おまちさんは兄がひとを殺して自分で死ぬなんてあり得ないと、南町の筆頭与力に訴えようとしたのです。私は筆頭与力と知り合いだったので、私がおまちさんの訴えをききました。もし、おまちさんの訴えがなかったら、今回の企みは成功していたでしょう」

「…………」

多吉は唇を嚙んだ。

「あなたはおまちさんにはどうするつもりだったのですか」

栄次郎は確かめる。

「落ち着いたら、打ち明けるつもりでいました」

「そもそも、あなたは政友さまになりすましたまま、どうするつもりだったのですか」

「仏門に入り、ほとぼりが冷めた頃に、別人となってどこぞで暮らしを。そのときは母も呼んで……」

家老も黙って頷いた。

「おさきさんは？」

「………」

「恋仲だったおさきさんは、多吉さんが死んだというのに通夜にも葬式にも顔を出さなかった。死んだのが、多吉さんではないことを知っていたのですね」

「はい。おさきさんには話しました」

「おさきさんは今どちらに？」

「この屋敷で、女中を」

「自分のそばに？」

「はい」

多吉は頷いた。

「しかし、ことは露見しました。たとえ凶暴なお方であったとしても殺していいということにはなりません。御家のため、領民のためだったとしても、ひとひとりの命を奪っていいというわけではありません」

栄次郎は説くように言う。

「多吉さん、あなたはなぜ、この企みに加わったのですか」

「私の運命を知ったからです。実の父だという土佐守さまが倒れ、双子の兄が家督を継ぐ、そのことが多くの人びとのためにならないと知ったからです」

「あなたは、ご自分が土佐守さまの子であることを自覚し、みなのために兄殺しの企みに加わったというのですね」

「そうです」

多吉は答えた。

「見返りを期待したのではないのですか」

「違います。私は見返りなど求めません。ただ、元のような暮らしがしたいだけです」

多吉は呻くように言う。

「もう一度、お伺いいたします。あなたは、ご自分が土佐守さまの子であることを自覚し、大野家のために企みに加わった。そのことは間違いないのですね」

「ありません」

「わかりました」

栄次郎は一同の顔を順次見て、

「それでは私の考えを申し上げます。最前も申し上げましたが、どんなに大義があろうが、ひとを殺(あや)めた罪は大きく、そのことは償わなければなりません」

「うむ」

家老はため息をつく。

「まず、その前に企みがそのまま通用してしまうのは許されませぬ。岩城家より養子をとることは目論見(もくろみ)どおりになります。ある意味、謀叛を成功させることはあってはなりません。たとえ、御家老が責任をおとりになろうとも」

栄次郎は言い切る。

「では、岩城家から新しい藩主をいただくということは無理だと……」

家老が呻くようにきいた。

「岩城さまの奥方は最初からこの企みに加わっていたのです。その望みどおりになることは許されません」

「それでは、大野家を継ぐ者がいなくなる」

家老は絶望的な声を出した。

「多吉さん、あなたは今の状況をどう思いますか」

栄次郎は多吉に目を向けた。

「後継がいなければ、御家廃絶……」

多吉は茫然と言う。

「あなたは、大野家の危機を救おうとして、兄殺しの企みに加わったのですね」

栄次郎はもう一度念を押した。

「そうです」

「では、今の危機をも救おうとは思われませんか。いえ、たとえ、別の生き方をしていたとはいえ、あなたは紛れもなく大野家の御曹司。大野家を守る使命があるはず」

「………」

多吉は口をわななかせた。声にならない。

「いかがですか」

「私に藩主になれと？」

多吉はやっと声を出した。

「御家の危機に、あなたは立ち上がるべきかと」

「しかし、私は武士ではありません」

「いえ、土佐守さまの血を受け継いでいます」

「矢内どの。どういうことだ？」

　家老が焦ったようにきいた。

「これから申し上げることは、あくまでも私の考えであり、従うかどうかはお任せいたします」

　そう前置きをし、栄次郎は考えを述べた。

「奉行所はすでに多吉さんを自殺と断定し、事件を終わらせています。したがって、今さらあの亡骸は大野家の政友さまだと訴えても信じてもらえません」

　栄次郎は間を置き、

「多吉さんはおとせさんという女子に懸想をしたものの思いを遂げられずに、おとせさんを殺して自ら死を選んだという汚名を濯ぐことはもはや出来ません。多吉さんはすでに死んだことになっています」

「…………」

「多吉さんは政友さまとして生きていくべきではないかと思います」

「政友さまとして？」

　家老がきいた。

「そうです。このまま政友さまになりきり、家督も継がれる」

誉も回復させられます。遠見さま」

「いえ、周囲の協力があれば可能です。そして善行を施していけば、兄政友さまの名

「私には無理です」

　栄次郎は家老に目を向け、

「多吉さんがこのまま政友さまとして藩主になられるのは、御家老の補佐なくしては叶いません」

「しかし、わしは……」

「責任をとるのは急がなくてよろしいのでは。新生の政友さまを一人前にする役割を果たされたのちに責任を」

　栄次郎はさらに続ける。

「それから、岩城さまの奥方にわけをお話しし、養子の件を諦めるように説得を。もし、聞き入れてもらえなければ、政友さま殺しも公になり、そうなれば御家お取り潰しの危険も……。つまり、今回の件で関わったひとたちが、新生の政友さまで一致団結出来るかどうか。それが出来なければ、もはや打つ手はないかと」

「……」

　家老は押し黙った。

多吉は虚ろな目をしている。

「あとは、みなさまで話し合いを」

栄次郎は立ち上がった。

中屋敷を出たとき、雨雲が張り出していた。

黒船町のお秋の家に近付いたとき、とうとう大粒の雨が落ちてきた。

四

それから数日後、お秋の家におまちが訪ねて来た。

「矢内さま。いろいろありがとうございました。昨日、築地の大野家の中屋敷におっ母さんとともに招かれて行ってきました」

「そうですか。では、政友さまにお会いになられたのですね」

あえて多吉の名を出さなかった。

「はい。とても元気そうでした。これも、矢内さまのおかげです」

兄から聞いたことによると、大野家は政友が家督を継ぐことになったという。また、門倉重四郎が出家をしたという。この先、本物の政友とおとせの菩提を弔っていくらしい。

若年寄や御目付も岩城家の探索から撤退した。

おまちが引き上げたあと、栄次郎はおまちの言葉に胸が痛んだ。自分が今回、いろいろ動けたのは大御所の子だからだ。

治済がまだ一橋家当主だった頃に、旅芸人の女に産ませた子が栄次郎だった。治済の近習番を務めていたのが矢内の父で、栄次郎は矢内家に引き取られ、矢内栄次郎として育てられた。だから、自分は大御所治済の子であるとはまったく考えたことはなく、あくまでも矢内家の者だと思ってやってきた。

だが、本人の思いとは別に他人からしたら、あくまでも大御所治済の子なのだ。もし、そうでなければ、吹けば飛ぶような御家人の部屋住を、天下の若年寄や大名家の家老などがまともに相手にしなかったはずだ。

さらにふつか後、栄次郎は小石川にある暁雲寺の山門をくぐった。

昨日、お秋の家に、若菜の使いがやって来た。お園ではなく、若い女中だった。いつもの庵に近付いたが、待っていたのは昨日の女中だった。

「どうぞ、お待ちでございます」

栄次郎は女中に案内されて、奥の部屋に行った。

若菜が待っていた。

「失礼します」

栄次郎は若菜と向かい合うように座った。

「どうしましたか。顔色が優れないようですが」

栄次郎は心配してきいた。

「ええ、いろいろと」

若菜は小さく呟くように言ってから、

「矢内さまのせいですわ」

と、睨むような目をした。

「ひょっとして、お母上のことで？」

「ええ。一昨日、大野家から御家老さまが参りました」

「遠見伊十郎さまですね」

栄次郎は確かめる。

「はい。父と母の三人で、なにやら深刻そうに話していました。時折、母の甲高い声が聞こえて。怒っているような」

若菜はため息をつき、

「御家老さまが引き上げたあと、母は寝込んでしまいました」

「そうですか」

奥方は承服していないのだろうか。

「でも、母の立ち直りは早かったようで、夜にはしゃきっとしていました」

家老の話を受け入れたのか、それとも何か新しい企みが浮かんだのか。

「何があったのですか」

「兄の大野家への養子話がなくなったそうです」

「なぜですか」

栄次郎はあえてきいた。

「大野家は政友さまがお継ぎになるようです。病気も回復しつつあり、藩主として十分にやっていけると周囲もお認めになったそうです」

「そうですか。兄上さまはさぞかし落胆しているでしょうね」

栄次郎は同情した。

「ええ。でも、最初だけ。いちおう次兄が大野家に養子に行くことになっていたのですが、これで長兄と仲違いせずに済んだとかえってほっとしていました」

「なるほど。それはよかった」

栄次郎はほっとした。

「とぼけてはいけません」

若菜はぴしゃりと言う。

「何がでしょう？」

「矢内さまがいろいろ動かれたそうですね」

「お待ちください。私には大野家の御家老を動かす力などありません」

「いえ、矢内さまは大御所の子でいらっしゃいます。あなたさまがいくら自分は関係ないと仰っても周囲はそういう目で見ます」

若菜はさらに、

「最初、若年寄さまから岩城家に話があったとき、若年寄さまは矢内栄次郎は大御所の子であられると仰ったそうです。従わざるを得ません。そうではありませんか」

「…………」

栄次郎は返答に窮した。

「御家人の矢内家の部屋住だと自分で言い張っても、だめです。あなたさまはどこまでいっても大御所の子であられるのです」

「痛いところを突かれました」

栄次郎は素直に認めた。

「あなたの仰るとおりです。いや、それだけではありません。大野家に対して、私はその背景を使って御家老に会いました。御家老が私の意見を聞いてくれたのも私の背景を知ってのことでしょう。そう思うと、忸怩たる思いはあります」

「正直ですね」

若菜は笑みを浮かべた。

「私が若菜さまにお会い出来たのも私が大御所の子であるからだとわかっていました。あなたの仰るとおり、大御所の子であることから逃れられないのです」

栄次郎は自嘲した。

「ひょっとして、矢内さまが武士を捨て、三味線弾きになりたいと思うのは、そのことから逃れたいためでは？」

若菜は鋭くきいた。

「………」

「武士を捨てれば大御所の子であることから解き放されるとお思いなのですね。いかがですか」

「そうかもしれません」

栄次郎は認めた。

「ずいぶん素直ですね」

「お伺いしてよろしいでしょうか」

栄次郎は口調を変えた。

「なんでしょう」

「若菜さまには約束をされたお方がいらっしゃいますね」

「親同士がその気になっているだけです」

栄次郎は決めつけた。

若菜は眉根を寄せた。

「お園さんはそのお方の味方ですか」

「味方というと変ですが、お園はそのお方と私がいっしょになることを望んでいるようです。そのことが何か」

「先日、私は浪人に襲われました。大野家の問題に絡んでのことかと思いましたが、そうではなかった。黒船町のお秋さんの家からつけられましたが、その家のことをお園さんに話したあとでした」

「まさか」

若菜が顔色を変えた。

「証はありませんので断定は出来ません」

「なぜ、そう思うのですか」

「私が大御所の子であることを盾に取り、若菜さまを取り上げようとしている。そう思い、私を排除しようとしたのではないかと勝手に想像しただけです。じつは、何度もこのような目に遭っているのです。私の気持ちとは関わりなく、大御所の子であることはいつまでもついてまわっているのです」

栄次郎は苦痛を吐き出すように言う。

「そうでしたか」

若菜は同情するような目を向けたが、

「もう大御所の子であることから逃げずにいいのではないですか。だって、その事実は変えられないではありませんか」

「…………」

「大御所の子だから出来ることもあるのでしょう」

確かに、大野家の家老に意見を言えたのも大御所の子だからだ。そのことが、役立つことがあるのも事実だ。

若菜の言うように、どうせ逃れられないのなら、開き直って……。そのことを利用したほうがお節介焼きの栄次郎にとっては何かと好都合かもしれない。

自分の利益のためではない。人助けのために、大御所の子であることを利用させてもらうのだ。そう思い至った瞬間から、心の中の重しがとれたように気が楽になった。

「若菜さま。おかげで腹が決まりました。宗旨がえです。事実をありのままに受け入れます」

栄次郎は決心を告げた。

「そう」

若菜ははかない笑みを浮かべ、

「矢内さま。謝らないと」

いきなり、若菜が居住まいを正した。

「ごめんなさい」

「なんですか、改まって」

栄次郎は不思議に思いながら若菜の顔を見つめた。

「親が決めた相手との話をお断りしたくて、矢内さまを利用してしまいました」

若菜は真顔になって、

「私は矢内さまに心が惹かれましたと、そのお方に告げました」

「…………」

栄次郎はまじまじと若菜の顔を見つめた。

「それで、矢内さまを襲ったのだと思います。私のせいで、矢内さまを危険な目に……」

「なに、そんなことは気になりません。それより、そのお方とはほんとうに縁を切りたいのですか」

「はい。それで、たいへん厚かましいお願いですが、そのお方に私を諦めてもらうために、しばらく私とおつきあいくださいませんか」

若菜は頭を下げ、

「私も、栄次郎さまのように自由に生きたいのです」

と、言った。

矢内から自然に栄次郎と、若菜は呼び方を変えていた。

「私でお役に立てれば」

「栄次郎さま、ありがとう」

若菜はまた栄次郎と呼んだ。

急速に若菜との距離が縮まったような気がした。
若菜と出会って自分も何か大きく変わろうとしていると、栄次郎は思った。

二見時代小説文庫

殺される理由 栄次郎江戸暦29

二〇二三年 十 月二十五日 初版発行

著者 小杉健治

発行所 株式会社 二見書房
〒一〇一-八四〇五
東京都千代田区神田三崎町二-一八-一一
電話 〇三-三五一五-二三一一［営業］
〇三-三五一五-二三一三［編集］
振替 〇〇一七〇-四-二六三九

印刷 株式会社 堀内印刷所
製本 株式会社 村上製本所

 ISBN978-4-576-23115-0
https://www.futami.co.jp/

小杉健治

栄次郎江戸暦 シリーズ

田宮流抜刀術の達人で三味線の名手、矢内栄次郎が闇を裂く！ 吉川英治賞作家が贈る人気シリーズ

以下続刊

① 栄次郎江戸暦 浮世唄三味線侍
② 間合い
③ 見切り
④ 残心
⑤ なみだ旅
⑥ 春情の剣
⑦ 神田川斬殺始末
⑧ 明烏（あけがらす）の女
⑨ 火盗改めの辻
⑩ 大川端密会宿
⑪ 秘剣 音無し
⑫ 永代橋哀歌
⑬ 老剣客
⑭ 空蝉（うつせみ）の刻（とき）
⑮ 涙雨の刻（とき）
⑯ 闇仕合（上）
⑰ 闇仕合（下）
⑱ 微笑み返し
⑲ 影なき刺客
⑳ 辻斬りの始末
㉑ 赤い布の盗賊
㉒ 見えない敵
㉓ 致命傷
㉔ 帰って来た刺客
㉕ 口封じ
㉖ 幻の男
㉗ 獄門首
㉘ 殺し屋
㉙ 殺される理由

氷月 葵

御庭番の二代目

シリーズ

将軍直属の「御庭番」宮地家の若き二代目加門。
盟友と合力して江戸に降りかかる闇と闘う！

①将軍の跡継ぎ
②藩主の乱
③上様の笠
④首狙い
⑤老中の深謀
⑥御落胤（ごらくいん）の槍
⑦新しき将軍
⑧十万石の新大名
⑨上に立つ者
⑩上様の大英断
⑪武士の一念

⑫上意返し
⑬謀略の兆し
⑭裏仕掛け
⑮秘された布石
⑯幻の将軍
⑰お世継ぎの座
⑱刃の真相

森詠

会津武士道 シリーズ

①ならぬことはならぬものです
②父、密命に死す
③隠し剣 御留流
④必殺の刻
⑤江戸の迷宮
⑥闇を斬る

江戸から早馬が会津城下に駆けつけ、城代家老の玄関前に転がり落ちると、荒い息をしながら「江戸壊滅」と叫んだ。会津藩上屋敷は全壊、中屋敷も崩壊。望月龍之介はいま十三歳、藩校日新館にて文武両道の厳しい修練を受けている。日新館に入る前、六歳から九歳までは「什」と呼ばれる組で会津士道に反してはならぬ心構えを徹底的に叩き込まれた。さて江戸詰めの父の安否は？ 剣客相談人（全23巻）の森詠の新シリーズ！

森詠

剣客相談人 シリーズ

一万八千石の大名家を出て裏長屋で揉め事相談人をしている「殿」と爺。剣の腕と気品で謎を解く!

① 剣客相談人 長屋の殿様 文史郎
② 狐憑きの女
③ 赤い風花（かざはな）
④ 乱れ髪 残心剣
⑤ 剣鬼往来
⑥ 夜の武士（もののふ）
⑦ 笑う傀儡（くぐつ）
⑧ 七人の剣客
⑨ 必殺、十文字剣
⑩ 用心棒始末
⑪ 疾（はし）れ、影法師
⑫ 必殺迷宮剣
⑬ 賞金首始末
⑭ 秘太刀 葛の葉
⑮ 残月殺法剣
⑯ 風の剣士
⑰ 刺客見習い
⑱ 秘剣 虎の尾
⑲ 暗闇剣 白鷺
⑳ 恩讐街道
㉑ 月影に消ゆ
㉒ 陽炎（かげろう）剣秘録
㉓ 雪の別れ